Gabriele Praschl-Bichler

Kaiserliche Kindheit

Gabriele Praschl-Bichler

Kaiserliche Kindheit

Aus dem aufgefundenen Tagebuch
Erzherzog Carl Ludwigs, eines Bruders
von Kaiser Franz Joseph

Mit 23 Abbildungen

Amalthea

Alles im Buch veröffentlichte Bildmaterial
entstammt einem Privatarchiv

Umschlaggestaltung: Daniela Schäfer
Herstellung und Satz: VerlagsService Dr. Helmut Neuberger
& Karl Schaumann GmbH, Heimstetten
Gesetzt aus der 12 Punkt Stempel Garamond
Druck und Binden: Wiener Verlag, Himberg
Printed in Austria
ISBN 3-85002-410-5

Inhalt

Vorwort

Es zählt zu den Sternstunden eines Historikers, wenn er – unerhofft und unerwartet – auf handschriftliches Material stößt, das geschichtlich interessant ist und noch niemals veröffentlicht wurde. So fand sich in einer Masse von verschiedenen Dokumenten aus dem österreichischen Kaiserhaus das Tagebuch eines Erzherzogs, das er im Alter von knapp elf Jahren begonnen und zwei Jahre lang mit ziemlicher Regelmäßigkeit geführt hatte. Bei dem jugendlichen Urheber der Schrift handelt es sich nicht nur um einen der ranghöchsten Erzherzoge, sondern auch um den zweitältesten Bruder des nachmaligen Kaisers Franz Joseph, der während der Entstehungszeit des Tagebuchs schon als Österreichs nächster Regent feststand. Seine und seiner Brüder späte Kindertage bilden den Inhalt des Buches, aus dem herauszulesen ist, daß ihm und ihnen das Privatleben das Wichtigste war. Die überraschendste Entdeckung dabei: Der kaiserliche Alltag hätte nicht bürgerlicher und biederer sein können.

Zurück zum Autor, dem zu Beginn des Tagebuchs noch nicht ganz elfjährigen Erzherzog Carl Ludwig.

Er war der dritte Sohn Erzherzog Franz Carls und Erzherzogin Sophies, einer geborenen Prinzessin von Bayern, und hatte damals drei Brüder: Franz Joseph, Ferdinand Maximilian und Ludwig Victor, das zweijährige Nesthäkchen der Familie. Als weitere Hauptpersonen seines nächsten Kreises spielten – neben den Eltern – der regierende Kaiser, Ferdinand I., ein direkter Onkel; die Kaiserinwitwe Caroline Auguste (im laufenden Text immer als ›Kaiserin‹ bezeichnet), Stiefgroßmutter und Tante in einem; sowie Erzherzog Ludwig, ein Großonkel, Bruder und geistiger Erbe Kaiser Franz II./I., bedeutende Rollen. Aufgefüllt wird die Szenerie durch Erzieher und Lehrer der jungen Erzherzoge, Damen und Herren im Gefolge der Eltern und ständig an- und abreisende Verwandte, die entweder dem österreichischen Kaiserhaus oder anderen europäischen Regentenfamilien angehörten.

Zum Aussehen des Tagebuchs: Die einzelnen Seiten messen 12,7 cm mal 19,1 cm; das Buch ist 3,5 cm dick (den Buchdeckel miteingeschlossen 4,2 cm), es scheint zweimal gebunden worden zu sein. An einen ersten bestehenden Band wurden später dreißig Seiten angefügt. Danach muß das ganze noch einmal gebunden und – vermutlich zu diesem Zeitpunkt – mit einem dunkelblauen Umschlag aus gepreßtem Leder versehen worden sein. Am Buchrücken befindet sich eine Prägung in Goldlettern: »TAGEBUCH vom 13. April 1844 bis 16. August 1846. Mit Unterbrechungen.« Die Schnittkanten erhielten an allen drei

Seiten eine bunte, wellenförmige Musterung, die dem am Vorsatzpapier des Buches entspricht.
Daß dieses Tagebuch begonnen und geführt wurde, hatte vorrangig einen erzieherischen Grund: Kinder aus gesellschaftlich höher stehenden und gebildeten Familien wurden von ihren Eltern zum Aufzeichnen der Tagesereignisse veranlaßt, um Sprech- und Schreibgewandtheit zu erlangen, und wohl auch, um Situationen beurteilen und Menschen einschätzen zu lernen. Die Übung bildete einen Grundstock für das spätere gesellschaftliche Leben: der Schreiber mußte lernen, als Erwachsener eine Konversation führen und in Gang halten zu können. Natürlich ging jedes Kind anders an die Schreibarbeit heran, und es ist rührend zu verfolgen, wie Erzherzog Carl Ludwig das Pensum erledigte. Den unumstrittenen Mittelpunkt seines Denkens bildete die geliebte ›gute Mama‹. Ihrer An- oder Abwesenheit, ihrem Verhalten den Kindern gegenüber galten die meisten Vermerke. Den nächsten Schwerpunkt bildet die eigene Tagesgestaltung und die der Brüder. Die geringste Bedeutung wird dem Lernprogramm beigemessen, obwohl es den größten Teil der Tageszeit einnahm. Aus erhaltenen Stundenplänen aus dem Jahr 1844 ist zu ersehen, daß im Sommer dieses Jahres dreizehn Fächer gelehrt wurden (Geschichte, Geographie, Mathematik, Naturgeschichte, Latein, Ungarisch, Italienisch, Französisch, Böhmisch, Deutsch, Zeichnen, Schreiben und Musik). Während einer Woche wurden die meisten

dieser Gegenstände mehrmals unterrichtet. Pro Tag gab es vormittags sechs bis acht Stunden Studium mit den Lehrern – nachmittags wurde das Programm um Turnen, Reiten, Kutschieren, Fechten, Schwimmen, Tanz und Exerzieren erweitert. Abwechslung bildeten im Sommer nachmittägliche Spaziergänge mit den Eltern, im Winter das (auf ein Minimum beschränkte) abendliche Zusammensein mit der Familie.

Erzherzog Carl Ludwig scheint – wie die meisten Kinder im Alter zwischen elf und dreizehn Jahren – den Unterricht nicht besonders geschätzt zu haben. Das hauptsächliche Interesse galt der Familie und der gemeinsamen Freizeitgestaltung, weshalb das Tagebuch vor allem zu einem beredten Zeugen habsburgischen Privatlebens wird. Sehr überraschend dabei: der überaus bürgerlich angelegte Alltag und der anspruchslose Lebensstil. Die meisten Familienmitglieder lebten in anerzogener und überzeugter Sparsamkeit, und es bereitete keinem Aristokraten oder Bürger mittlerer finanzieller Verhältnisse eine Schwierigkeit, den Aufwand des kaiserlichen Haushaltes zu überbieten.

Das Tagebuch endet zwei Jahre, nachdem es begonnen worden war, im Sommer 1846 und scheint keine Fortsetzung erhalten zu haben. Denn während dieses Zeitraums war das angestrebte Ziel erreicht worden: Schrift und Orthographie des jungen Mannes hatten sich wesentlich verändert, und auch die Wortgewandtheit war dem zeitgenössischen Konversationston schon sehr nahe gekommen. Natürlich entsprach der

Stil des Dreizehnjährigen noch nicht dem eines Erwachsenen. Aber Erzherzog Carl Ludwig hatte jenes Alter erreicht, in dem Kinder des 19. Jahrhunderts von ihren Eltern in die meisten Gesellschaften miteinbezogen wurden. Dort erhielten Sprechstil, Wortgewandtheit und Urteilsvermögen ihren letzten Schliff. Da Erzherzogin Sophie eine besonders aufmerksame und liebende Mutter war, hat sie ihre Söhne schon früh als vollwertige Gesprächspartner anerkannt, weshalb es ihnen nicht schwer fiel, sich bald auch im größeren Gesellschaftskreis zurechtzufinden.
Im Hinblick auf die stilistische Entwicklung sei darauf hingewiesen, daß die Eintragungen anfangs etwas knapp gehalten und die Höhepunkte des Tages in wenigzeiligen Bemerkungen abgehandelt wurden. Sehr bald ist aber auch zu erkennen, daß das Erzählvolumen vom Grad der Begeisterung des jungen Erzherzogs abhing. Denn auch in den ersten Aufzeichnungen finden sich längere, spannend erzählte Geschichten. Zu den am ausführlichsten behandelten Themen zählen die Besichtigungen technischer Errungenschaften wie die eines Eisenbahnwagens, der erstmals die Strecke zwischen Wien und Graz befuhr (22. Oktober 1844), oder Ballonfahrten (22. und 25. September 1845, 26. Oktober 1845); Familienfeste, die im Zusammenhang mit Kostümierungen, Tanzveranstaltungen oder Theateraufführungen standen (1. und 4. Februar 1845, 15. Mai 1845, 4. November 1845); eine mehrwöchige Bildungsreise durch Oberitalien

(2. September bis 5. Oktober 1845); öffentliche Empfänge oder Veranstaltungen (30. Dezember 1845, 18. Juni 1846); Kinderulk (1. April 1846) sowie historische (Tages)Ereignisse wie der Selbstmord eines Mannes während einer Burgtheatervorstellung (16. Mai 1846), der Tod Papst Gregors XVI. (6. Juni 1846) oder ein Aufstand der nationalistischen Polen in Krakau (23. Februar bis 5. März 1846).

Zurück zum Schreibstil und zum erzieherischen Wert des Tagebuchs. Im Hinblick auf die Rechtschreibung wurden anfangs (wahrscheinlich von einem der Erzieher) stilistische und orthographische Unebenheiten korrigiert und einige ausländische Namen oder Fremdwörter, die der junge Erzherzog nur phonetisch wiedergab, ausgebessert. Sie enden – vermutlich auf Wunsch des Verfassers – nach einigen Seiten. Im gedruckten Text werden aber, unabhängig vom Original, die bekannten Familien- und Geschlechternamen in der richtigen Schreibung wiedergegeben sowie der einfacheren Lektüre halber einige fehlende Kommata ergänzt. Vornamen wurden, um Verwirrungen zwischen Originaltexten und Erläuterungen zu vermeiden, unverändert belassen (alle Karls mit »C« und Viktor mit »c« geschrieben). Wenn von einer Person nur ein Initial des Vornamens erscheint, dann war der Taufname nicht zu eruieren.

Im allgemeinen wurde die Schreibung Erzherzog Carl Ludwigs beibehalten, die hauptsächlich den Regeln der Zeit entsprach. Wenn das Verständnis eines Absatzes gefährdet schien, wurde dem Text eine Erklärung hinzugefügt. Außerdem sei darauf hingewiesen, daß in den vergangenen 150 Jahren die Bedeutung einiger Wörter wechselte: So verwendete man »artig« im Sinn von freundlich/freundschaftlich, »merkwürdig« im Sinn von bemerkenswert, »peinlich« im Sinn von peinigend usf.

In Bezug auf die – oft innerhalb einer Eintragung wechselnden – grammatikalischen Zeiten Vergangenheit und Gegenwart sei bemerkt, daß die Berichte nicht immer zur selben Tageszeit verfaßt wurden. Schon Erlebtes wird in einer Vergangenheitsform erzählt: *»Nachmittags waren wir im Kaisergarten ...«*, während auf eben stattfindende oder kommende Ereignisse in der Gegenwart hingewiesen wird: *»Der Hildegarde zu Ehren ist heute große Familientafel beim Kaiser. Abends sind wir allein.«* (aus der Eintragung vom 14. Mai 1844)

Mit der Veröffentlichung dieses Bandes wird Einblick in einen sehr privaten Lebensbereich der kaiserlichen Familie gewährt. Denn abgesehen von der Wiedergabe der Tageserlebnisse und von der Nähe des Erzählers zu den Ersten Personen des Landes entsprang dem Kindermund doch viel Spontanes und Wahrhaftes, das ein erwachsener Schreiber (im Hinblick darauf, daß ein Späterer seine Zeilen lesen könnte) sicherlich unterdrückt hätte.

Gabriele Praschl-Bichler
Wien, im September 1997

»Tagebuch angefangen den 13. April 1844«

April. 1844.

Samstag

13. Man fürchtet, daß der Franzi Scharlach bekommen. Zur Vorsorge bin ich Nachmittags in den rothen Saal geschickt worden und habe dort geschlafen.

Mit Franzi ist der älteste Bruder Erzherzog Carl Ludwigs gemeint, der damals vierzehnjährige Franz Joseph und spätere Kaiser. Er war tatsächlich an Scharlach erkrankt, doch verlief die Krankheit – wie sich bald herausstellen sollte – für ihn und seine Familie sehr harmlos. Als Vorsichtsmaßnahme war er aber sofort von seinen Brüdern getrennt worden, mit denen er üblicherweise ein Appartement bewohnte. Für Carl Ludwig bedeutete die Krankheit des Bruders zunächst den Auszug in einen ›*rothen Saal*‹. Später übersiedelte er in ein noch weiter entfernt liegendes Quartier, in dem er in den folgenden Wochen wohnen sollte.

Sonntag

14. Heute hat sich der Scharlach entschieden ausgesprochen. Wir sind in der Früh mit dem kleinen Ludwig in den ersten Stock gezogen und bleiben nun von der Mama geschieden. Der Maxi geht zwar Früh und

Abends zur Mama, weil er den Scharlach schon überstanden und folglich keine Ansteckung mehr zu fürchten hat; aber ich darf die Mama nur im Prater und auf dem Gang von Weitem sehen.

Bei den »Übersiedlern« handelt es sich um die drei Brüder Ferdinand Maximilian (›*Maxi*‹), Carl Ludwig und den ›*kleinen Ludwig*‹ (Victor). Daß die drei gesunden Kinder – und nicht das kranke – von der Mutter getrennt wurden, war unüblich für die Zeit. Denn Erzherzogin Sophie pflegte – im Unterschied zu den meisten Frauen der obersten Gesellschaftsschichten – die kranken Familienmitglieder selbst. Im Fall von ansteckenden Krankheiten – wie dem Scharlach, der damals bei mehr als einem Viertel der Bevölkerung tödlich endete – begab sie sich mit dem Betroffenen in Quarantäne. Sie übernahm meist alle Tag- und Nachtdienste und ließ sich nur selten von Pflegern unterstützen. Als im Jahr 1840 ihre einzige Tochter Maria Anna im Alter von knapp viereinhalb Jahren an einer schweren Krankheit litt (an deren Folgen sie auch verstarb), war sie keinen Augenblick lang von ihrer Seite gewichen und hatte das Kind bis zu seinem Tod ununterbrochen betreut.
Die Bemerkung, daß Carl Ludwig seine Mutter ›*nur im Prater*‹ und ›*auf dem Gang von Weitem sehen*‹ durfte, bezieht sich auf die Trennung von ihr, die den scharlachkranken Sohn Franz Joseph versorgte. Treffen durfte er sie nur auf den Gängen der Hofburg und

bei Spaziergängen im Prater, wo keine Ansteckung zu befürchten war. Der Wiener Prater hatte ursprünglich zu den kaiserlichen Jagdrevieren gehört, seit 1766 war er der Öffentlichkeit zugänglich. Dorthin führten – solange man in der Hofburg wohnte – viele Spaziergänge der kaiserlichen Familie. Die elegante Welt Wiens fand sich allnachmittäglich im Prater ein, und Erzherzog Carl Ludwig sollte die Spaziergänge dorthin bis ins Alter pflegen. Als Erwachsener marschierte er meist die gesamte Strecke von der Innenstadt bis in den Prater und zurück (das dauerte je nach Route zwei bis drei Stunden), wohin er sich von einem Mann seines Gefolges oder von einem Verwandten begleiten ließ.

Montag
15. Heute hat uns der Franzi durch den Baron Gorizzutti einen Brief schreiben lassen. Heute begegneten wir der Mama und dem kleinen Ludwig. Ich bin zur Toilette zum kleinen Ludwig gegangen. Abends kamen die Bombelles.

Baron Franz Gorizzutti, einer der Kammerherren Erzherzog Franz Carls und Erzieher seiner drei älteren Söhne – Franz Joseph, Ferdinand Maximilian und Carl Ludwig – hatte sich offensichtlich mit dem Scharlachkranken in Quarantäne begeben.
Daß man die Mama und den kleinen Bruder Ludwig traf, muß bedeuten, daß man beiden – getrennt – be-

gegnete, da Erzherzogin Sophie sicherlich auch mit ihrem zweijährigen Sohn jeden Kontakt vermied.
›*Die Bombelles*‹ waren Studien- und Spielkameraden der jungen Erzherzoge und Söhne des kaiserlichen Ajos Heinrich Graf Bombelles. Sie hießen Markus (›*Marko*‹) und Carl (›*Charli*‹) und entsprachen im Alter den Erzherzogen Franz Joseph und Ferdinand Maximilian.

Dienstag
16. Dem Franzi geht es besser. Ich habe zum ersten Mahle die Urika geritten. Zum ersten Mahl bin ich zum Frühstück vom kleinen Ludwig gegangen.

Der Scharlach Franz Josephs nahm einen schnellen Verlauf. Die Krankheit war am 13. April aufgetreten, und schon bald ging es ihm nach eigenen Angaben wieder ›*sehr gut*‹. Daraufhin nahmen die Bemerkungen darüber im Tagebuch Carl Ludwigs ab, weshalb die Sensation des Tages dem ersten Ritt auf einem Pferd namens Urika galt.
Der Besuch des kleinen Bruders Ludwig Victor während seines Frühstücks ist einer der vielen Hinweise darauf, daß die Bewohner der verschiedenen Appartements (die drei älteren Brüder Franz Joseph, Ferdinand Maximilian und Carl Ludwig, die Eltern, Erzherzogin Sophie und Erzherzog Franz Carl, der kleine Ludwig Victor, das Kaiserpaar usf.) das Morgenmahl getrennt einnahmen. Zu Mittag aßen die

Kinder gemeinsam mit ihren Eltern, worauf ein langes, familiäres Zusammensein folgte.

Mittwoch
17. Heute sind wir mit dem Papa, der Mama und dem kleinen Ludwig in dem Prater zusammengekommen. Abends bin ich allein.

Wegen der Ansteckungsgefahr waren die gemeinsamen Zusammenkünfte der Eltern mit den drei gesunden Brüdern noch immer auf die Praterspaziergänge beschränkt. Der Hinweis auf das abendliche Alleinsein bezog sich ebenfalls auf die Trennung von den Eltern, bedeutete aber ›*allein mit einem der Erzieher*‹. Sie teilten – vor allem zum Schutz ihrer Zöglinge – das Appartement mit ihnen. Das Abendprogramm mit dem Erzieher oder mit den Eltern war auf das Alter der Kinder abgestimmt. In dieser Epoche wurden meist Geschichten vorgelesen oder andere Unterhaltung gepflogen.

Donnerstag
18. Der Albert, die Marie, der Onkel Carl und der Stephan sind heute angekommen. Wir sind geritten. Der Wittek war Abends allein bei uns.

Mit Albert und Marie sind – streng genommen – ein Onkel und eine Tante zweiten Grades gemeint, die an diesem Tag mit ihrem Vater, Erzherzog Carl (dem ersten Bezwinger Napoleons), – von wo immer – in

Wien ankamen. Stephan war ein Neffe Erzherzog Carls, der spätere Palatin von Ungarn.
J. Wittek zählte zu den Erziehern der jungen Erzherzoge. Er unterrichtete Böhmisch (Tschechisch) und war vermutlich ein Verwandter – vielleicht sogar der Vater – Heinrich Ritters von Wittek, des späteren Ministerpräsidenten.

Freitag
19. Heute ist der Geburtstag des Kaisers. Deßwegen ist große Parade; wir waren bei ihm, um zu gratuliren. Der Palatino ist angekommen. Dem Franzi geht es besser. Der Graf Coronini ist angekommen. Heute Abends sind die Bombelles gekommen.

Der Kaiser, dessen 41. Geburtstag man feierte, war Ferdinand I., ein direkter Onkel Carl Ludwigs. Mit dem ›*Palatino*‹ ist Erzherzog Josef, ein Großonkel, gemeint, der zu diesem Zeitpunkt die Würde des Palatins von Ungarn innehatte und der – wie einen Tag vorher die Familie Erzherzog Carls – vermutlich auch wegen der Geburtstagsfeierlichkeiten zu Ehren des Kaisers angereist war.
Graf Johann Baptist Coronini-Cronberg war einer der Kammerherren Erzherzog Franz Carls und Erzieher der jungen Erzherzoge, der hauptsächlich dem ältesten Sohn, Franz Joseph, zugeteilt war.
Das abendliche Kommen der Brüder Bombelles bedeutete Spiel und Unterhaltung.

Samstag
20. Heute sind wir geritten und haben Visite gemacht. Abends war die Großmama mit der Amie bei uns.

»Visitemachen« gehörte zu den gesellschaftlichen Gepflogenheiten des 19. Jahrhunderts. Ohne sich anzumelden, schaute man bei Bekannten vorbei, um ihnen einen Kurzbesuch abzustatten. Er verlangte dem Besuchten einen Gegenbesuch ab. War er nicht anzutreffen, so hinterließ man die Visitenkarte, die ebenso zum Gegenbesuch verpflichtete.
Beliebte Gesellschafterinnen der jungen Erzherzoge waren die ›*Großmama*‹ und die ›*Amie*‹ (ihre ›*Freundin*‹). Kaiserin Caroline Auguste war eine geborene Prinzessin von Bayern, vierte Ehefrau und Witwe nach Kaiser Franz II./I. Als solche rangierte sie als Großmutter. Da sie aber auch Halbschwester Erzherzogin Sophies, der Mutter Carl Ludwigs, war, stand ihr ebenso die Ansprache ›*Tante*‹ zu. Erzherzog Franz Joseph hatte für sie den Titel einer Großmutter-Tante entworfen. Ihre ›*Freundin*‹, Hofdame und Sternkreuzordensdame Baronin Luise Sturmfeder, hatte ursprünglich die Stellung einer Aja (einer Leiterin aller Gefolgsleute der jungen Erzherzoge) bei Franz Joseph und Ferdinand Maximilian inne. Als die beiden das Schulalter erreichten und männliche Erzieher bekamen, wurde sie als Hofdame in das Gefolge Kaiserin Caroline Augustes übernommen. Sie hielt aber mit den jungen Erzherzogen weiter innigen Kon-

takt, wie auch der folgenden Eintragung zu entnehmen ist.

Sonntag
21. Die Amie hat bei uns gespeist. Vor dem Essen sind wir mit der Mama ausgegangen.

›*... bei uns gespeist*‹ meint in den Appartements der Kinder, wo während der Krankheit Franz Josephs gegessen wurde und nicht – wie üblich – in den Räumen der Eltern.

Montag
22. Heute sind wir mit der Mama und mit dem kleinen Ludwig in den Prater gegangen. Der Baron Gorizzutti ist zu uns gekommen, der Charli (der junge Graf Bombelles) *war Abends bei uns.*

Dienstag
23. Wir sahen heute den kleinen Ludwig im Prater. Ich war Abends allein (mit dem Erzieher). *Dem Franzi ging es besser.*

Mittwoch
24. Heute fing die neue Tagesordnung an. Wir sind mit der Mama im Pratergarten spazieren. Den kleinen Ludwig haben wir (dort) *gesehen. Abends war die Großmama mit der Amie bei uns.*

Einen Einschnitt im Lern- und Erziehungsprogramm der jungen Erzherzoge bildete die zweimal jährlich wechselnde ›*Tagesordnung*‹ (im Frühling und im Herbst). Sie bedeutete – wie früher erwähnt – in den wärmeren Monaten verstärkten Unterricht im Freien und längeres Zusammensein mit den Eltern.

Donnerstag
25. Mittags sind wir in der Stadt herumgegangen. Heute ist der Namenstag des Marko (junger Graf Bombelles). *Abends bin ich* (mit dem Erzieher) *allein gewesen* (was sich wegen des Scharlachs Franz Josephs noch immer auf die ungewöhnliche Gestaltung der Abendstunden Carl Ludwigs bezieht, die er gewöhnlich beim Spiel mit den Brüdern zubrachte).

Freitag
26. Heute Mittags sind wir in den Augarten gefahren. Nachmittag sind wir mit der Mama in den Prater gegangen. Abends sind die (Spielkameraden) *Bombelles gekommen.*

Der Augarten und sein Palais (nahe der Inneren Stadt zwischen Donau und Donaukanal gelegen) war wie das ehemalige Jagdrevier im Prater ebenfalls habsburgischer Besitz gewesen. Aber auch ein Großteil dieses Parks war im Jahr 1775 der Öffentlichkeit zugänglich gemacht worden.

Samstag
27. Wir fuhren Mittags zum Erzherzog Ferdinand; er war aber nicht zu Hause. Dann sind wir in den Schwarzenbergischen Garten gegangen. Nachmittags sind wir in den Kaisergarten gegangen. Abends kam die Großmama (Kaiserin Caroline Auguste) *mit ihrer neuen Hofdame, der Gräfin* (Ludovica) *Praschma zu uns* (vermutlich um sie vorzustellen und einzuführen).

Mit Erzherzog Ferdinand ist ein weitschichtiger Großonkel aus der Linie der Herzoge von Modena gemeint. Er wird sich im – heute im dritten Wiener Gemeindebezirk gelegenen – Familienpalais aufgehalten haben. Das Gebäude fiel eines Tages – wie etliche andere historische Bauten Wiens – einer Beamtenlaune zum Opfer und wurde noch vor dem Ende des Ersten Weltkriegs dem Erdboden gleichgemacht. Die Herzoge von Modena aus dem Haus Habsburg-Lothringen besaßen aber noch ein Palais in Hofburgnähe (das Gebäude des heutigen Innenministeriums in der Herrengasse). Vermutlich diente das Palais im dritten Bezirk als Sommersitz und das im Zentrum gelegene als Winterresidenz.
Einige Gehminuten vom ehemaligen Palais Modena entfernt befindet sich (auch heute noch) das barocke Gartenpalais Schwarzenberg mit seinem Park. Dorthin wechselten die Spaziergänger, nachdem Erzherzog Ferdinand nicht daheim anzutreffen war. Mit dem

später besuchten Kaisergarten ist der Park rund um das ehemalige, ebenfalls im dritten Bezirk gelegene, Gartenpalais Harrach gemeint, das anläßlich der folgenden Eintragung genauer besprochen wird.

Sonntag
28. Wir gingen auf der Bastei spazieren. Die Amie speiste bei mir. Nachmittags gingen wir in den Harrachischen Garten in die Blumenausstellung. Abends sind wir (Ferdinand Maximilian, Carl Ludwig und ein Erzieher) *allein.*

Der Spaziergang auf der Bastei zählte wie der Besuch des Praters zu den beliebtesten Ausflügen der Wiener. Die Bastei war die alte Befestigungsanlage der Stadt, die in etwa wie die heutige Ringstraße verlief und die Innere Stadt (den ersten Bezirk) und die Längsseite der Hofburg umgab. Ihre Wälle waren begrünt und verfügten über zahlreiche Vergnügungsstätten.
Der Harrachische Garten/Kaisergarten gehörte zum ehemaligen Gartenpalais Harrach, das auf eine wechselvolle Besitzergeschichte zurückblickt. Ursprünglich Eigentum der gräflichen Familie Harrach, kam es später in den Besitz Kaiser Leopolds II., wurde danach von einer anderen Familie erworben und ging zuletzt wieder in kaiserlichen Besitz über. Der berühmte Obstgarten, in dem sogar exotische Früchte gediehen, wurde ab 1841 zum größten Teil der drei

Jahre zuvor gegründeten Gartenbaugesellschaft überlassen, die dort jedes Jahr Blumen- und Obstausstellungen veranstaltete. Erzherzog Carl Ludwig verbrachte auch die beiden folgenden Tage im Kaisergarten oder auf kurzen Spaziergängen mit der Mutter im Prater.

Einen wesentlichen Höhepunkt brachte der 1. Mai, der um diese Zeit noch eine andere Bedeutung hatte als heute. Der Frühlingsbeginn wurde mit einem öffentlichen Fest im Freien begangen. Alle Welt – Reich und Arm – strömte in den Prater, um dort zu sehen oder gesehen zu werden. Die Damen erschienen in den neuen Frühjahrstoiletten, die Männer führten die neuerworbenen Wagen vor. Für alle Mitglieder der kaiserlichen Familie, die sich um diese Zeit in Wien aufhielten, stellte es eine Pflicht dar, an dem Fest teilzunehmen. Das Publikum dankte für das Erscheinen des Kaisers und der Erzherzoge mit lauten Beifallsbezeugungen.

Mai 1844

Mittwoch

1. Mittags sind wir in den Kaisergarten (= Harrachischer Garten, siehe auch Eintragung vom 28. April) *gegangen. Um ½ 4 Uhr Nachmittags haben wir im Prater mit dem Prinzen Nassau, mit der Mama, mit dem Papa und mit noch mehreren Anderen gespeist. Wir haben den neuen Wagen Sandor's gesehen; er ist sehr lächerlich. Dann haben wir viele Jokeys gesehen, und auch noch viele andere Wägen, es war recht hübsch, aber sehr kalt. Heute Abends war ich allein.*

Das mittägliche Zusammensein im Prater vereinte einen Großteil der in Wien lebenden Habsburger sowie etliche Mitglieder anderer Fürstenfamilien. Der elfjährige Carl Ludwig hatte noch einen Prinzen von Nassau wahrgenommen. Vermutlich handelte es sich bei ihm um den in österreichischen Diensten stehenden Prinzen Moritz Nassau, dem Bruder des späteren Großherzogs Adolf von Luxemburg. Selbstverständlich gehörte auch er ›*zur Familie*‹. Denn der mittlerweile verwitwete Erzherzog Carl, der Bezwinger Napoleons, war mit Prinzessin Henriette von Nassau-Weilburg verheiratet gewesen, die eine direkte Tante von Moritz war.
Mit ›*Sándor*‹ ist Moritz Graf Sándor von Szlawnicza gemeint, der durch seine Ehe mit Prinzessin Leontine Metternich Schwiegersohn des Staatskanzlers war. Er galt als einer der wagemutigsten Reiter seiner Zeit, verfügte aber auch über etliche Marotten, zu denen das alljährliche Vorführen eines neuen Wagens gehörte. Die Bemerkung, man habe ›*den neuen Wagen Sandor's gesehen; er ist sehr lächerlich*‹, entstammte sicher einem Erwachsenenmund, die der selten kritisierende Junge hier übernahm. Obwohl Graf Sándor tatsächlich von der Wiener Gesellschaft belächelt wurde – er hatte von etlichen Stürzen Kopfverletzungen davongetragen, wodurch er absonderlich wurde –, hielt ge-

rade die kaiserliche Familie treu zu ihm. Als er 1850 bei einem Unfall mit dem Hinterkopf an ein eisernes Gitter geschleudert wurde, litt er in der Folge unter Wahnsinnsanfällen. Er verbrachte eineinhalb Jahre in einer Nervenheilanstalt und war in der Folge nur noch bedingt gesellschaftsfähig, wie man den Memoiren seiner Tochter Pauline (verehelichte Fürstin Metternich) entnehmen kann: »... wer nur einige Worte mit ihm wechselte, merkte nichts von seinem traurigen Zustande. Bei einem längeren Gespräche fielen die Wiederholungen alter Geschichten auf ... Der Kaiser und der gesamte kaiserliche Hof haben die treu dynastische Haltung meines Vaters nie vergessen. Insbesonders ließen die Frau Erzherzogin Sophie und Erzherzog Franz Carl keine Gelegenheit vorübergehen, ohne ihn, trotz seines Zustandes, zu sich zu rufen, so zwar, daß, wenn er im Sommer nach Ischl kam, er immer gleich zur Hoftafel geladen wurde ... Erzherzogin Sophie (richtete es) dann immer so ein, daß kein Fremder an diesem Tage mit zur Hoftafel gezogen wurde, damit er, wie sie so liebevoll sich äußerte, ›die Freude haben möge, seine alten Geschichten ungestört erzählen zu können‹.« (Metternich, S. 53)

Donnerstag

2. Heute sind wir Mittags auf der Bastei und auf dem Glacis (eine der Bastei vorgelagerte, breite, unbebaute Fläche, die die Innere Stadt von den Vorstädten trennte) *gegangen. Heute Nachmittags sind wir mit der Mama zum Wassertreter gegangen; es war ziemlich hübsch. Heute war die Großmama mit der Amie bei uns.*

Der erste gemeinsame Ausgang mit der Mutter ›*zum Wassertreter*‹ hatte sicherlich einen medizinischen Hintergrund. Daß Erzherzog Carl Ludwig die Räume dort ›*ziemlich hübsch*‹ fand, mag entweder mit der ungewöhnlichen Einrichtung zusammenhängen, eher aber mit seiner glücklichen Stimmung: Er durfte nach etlichen Wochen der Entbehrung endlich wieder mit der geliebten Mutter ausgehen. An den Abenden wurde die strenge Trennung (in geschlossenen Räumen) aber weiter aufrechterhalten.
Seit 1. Mai waren zumindest gemeinsame Ausgänge erlaubt, weshalb in den Eintragungen der folgenden Tage von Spaziergängen mit den Eltern zu lesen ist. Außerdem wird eine neuerliche Besserung im Befinden des Bruders Franz Joseph verzeichnet (4. Mai).

Sonntag
5. Mittags waren wir in der Stadt, auf der Bastei und auf dem Glacis. Heute hat der Maxi bei der Mama gespeißt. Nachmittags waren wir ein wenig in der Stadt. Dann sind die Cameraden gekommen und wir haben im Kaisergarten exercirt und gespielt. Abends war die Großmama mit der Amie da.

Eine besondere Hervorhebung – gleichzeitig aber auch eine besondere Enttäuschung – enthält der Vermerk, daß der Bruder Ferdinand Maximilian (wie sonst alle Brüder) das Mittagessen gemeinsam mit der Mutter einnehmen durfte. Er war schon früher an Scharlach erkrankt gewesen, weshalb man ihm das Zusammensein mit ihr früher erlaubte.

Montag
6. Heute Mittags waren wir in einem Gewölb (vermutlich in einem tiefliegenden Verkaufsladen) *und haben etwas gekauft. Nachmittags sind wir mit der Mama im Prater spazierengegangen. Heute Abends bin ich allein, aber der Maxi ist mit der Mama im Theater, wo die Elßler tanzt.*

Abermals durfte der Bruder Ferdinand Maximilian der Mutter Gesellschaft leisten. Der sicherlich sehr enttäuschte Carl Ludwig verbrachte die Zeit wie üblich ›*allein*‹ mit einem Erzieher.
Mit der im Theater tanzenden ›*Elßler*‹ ist die damals weltberühmte Balletteuse Fanny Elßler (1810–1884) gemeint, die durch die Neuartigkeit ihres Tanzstils und durch ihre Schönheit zu den meistbewunderten Tänzerinnen ihrer Zeit zählte.

Dienstag
7. Heute ist der Onkel Carl mit dem Fritz angekommen. Mittags waren wir im Augarten, wir sind auch

geritten. Nachmittags bin ich mit dem Papa allein ausgegangen, und zwar in den Prater und dann ist die Mama gekommen. Wir sind mit ihr herumgegangen, dann bin ich mit dem Papa in das Kärntnerthortheater gegangen, dort hat die Elßler in einem neuen Ballet getanzt; es war sehr hübsch.

Bei Onkel Carl handelt es sich abermals um Erzherzog Carl, den Sieger über Napoleon. Fritz (Erzherzog Friedrich) war einer seiner Söhne, der drei Jahre später im Alter von nur 26 Jahren verstarb.
Erzherzog Carl Ludwig besuchte an diesem Abend mit seinem Vater offensichtlich dieselbe Vorstellung, die sein Bruder tags zuvor gesehen hatte. Sie fand im heute nicht mehr existierenden ›*K.k. Hoftheater nächst dem Kärntner Thore*‹ (dem Stadttor an der Kärntner Straße) statt, das an der Hinterseite – der damals noch nicht bestehenden – Staatsoper lag. Dort wurden vor allem Ballette sowie italienische und deutsche Opern aufgeführt.

Mittwoch
8. Mittags haben wir dem Onkel Carl eine Visite gemacht und dann sind wir in den Kaisergarten gegangen. Mittags war der Fritz bei uns. Nachmittag sind wir mit der Mama und mit dem kleinen Ludwig im Augarten herumgegangen. Abends kam die Großmama mit der Amie.

Donnerstag
9. Heute haben wir mit der Mama und mit dem kleinen Ludwig im Augarten gefrühstückt. Der Abbé Kiss (ein Geistlicher, der die jungen Erzherzoge im Ungarischen unterrichtete) *hat da gespeist. Nachmittag sind wir geritten. Wir sind zur Herzogin von Köthen und zum Fritz gegangen. Abends bin ich allein gewesen.*

Mit der ›*Herzogin von Köthen*‹ ist wohl eines der letzten – nicht genau zu bestimmenden – Mitglieder der fürstlichen Familie von Anhalt-Köthen gemeint. Dieser Zweig der Fürsten von Anhalt starb noch im 19. Jahrhundert aus.

Freitag
10. Mittags waren wir im Kaisergarten und haben dort gespielt. Nachmittags sind wir mit dem Papa und mit der Mama im Prater spazierengegangen. Abends war die Großmama bei uns.

Samstag
11. Mittags sind wir in den Prater gefahren. Nachmittags ist die Hildegarde mit dem Albert von München angekommen; ich habe sie aber heute noch nicht gesehen. Abends sind wir allein, bis 1/2 9 Uhr, dann ist die Großmama gekommen mit der Amie.

Erzherzog ›*Albert*‹ (Albrecht), ein Sohn Erzherzog Carls, hatte am 1. Mai, also zehn Tage vor dieser Eintragung, in München Prinzessin Hildegard von Bayern geheiratet. Sie war eine Tochter König Ludwigs I. und eine direkte Nichte Erzherzogin Sophies (somit auch eine Cousine des Tagebuchschreibers). Da Carl Ludwig sie an diesem Tag, an dem sie in der Hofburg dem engsten Familienkreis vorgestellt wurde, nicht gesehen hatte, stattete er ihr am folgenden Tag den Gegenbesuch ab.

Sonntag
12. Mittags sind wir in den Schwarzenbergischen Garten gegangen, und dann sind wir wohl etwas später zur Hildegarde und zum Albert gegangen. Heute haben wir wieder zum ersten Mahle seit der Krankheit des Franzi beim Kaiser gespeist, auch die Hildegarde. Nachmittags sind wir in den Prater gefahren; es war recht hübsch. Die Hildegarde war auch dort.

Allsonntäglich fanden unter Anwesenheit des jeweils regierenden Kaisers Familiendiners statt, an denen die meisten in Wien anwesenden Erzherzoge teilnahmen. Durch die Scharlacherkrankung Franz Josephs waren seine Brüder und Eltern für Wochen davon ausgeschlossen gewesen. Sonntag, der 12. Mai, markierte das Ende der streng eingehaltenen Quarantäne.
Daß in den folgenden Wochen in den Eintragungen Carl Ludwigs ›*Hildegarde*‹ eine bedeutende Rolle spielte, hängt mit der kindlichen Begeisterung für das neuhinzugekommene Familienmitglied zusammen

und natürlich auch mit den zahlreichen Empfängen, die man ihr zu Ehren gab.

Montag
13. Heute haben wir mit der Mama im Augarten gefrühstückt. Der Wittek speiste bei uns. Nachmittags sind wir in Schönbrunn gewesen, aber es hat geregnet. Heute geht die Hildegarde zum ersten Mahl in das Kärntnerthortheater; das Theater ist besonders beleuchtet. Abends sind wir allein.

›*Gefrühstückt*‹ meint eine Essenseinnahme um die Mittagszeit und bedeutete für die jungen Erzherzoge Unterbrechung nach vier, fünf Stunden Unterricht. Festbeleuchtungen eines Gebäudes (›*das Theater ist besonders beleuchtet*‹) wurden zu Ehren hoher Persönlichkeiten veranstaltet. An diesem Abend galt sie natürlich der neuvermählten Erzherzogin Hildegard.

Dienstag
14. Mittags waren wir bei der Parade, wobei der nach Linz bestimmte Regent H. Homburg vom Regiment Hrabovsky abgelöst wurde. Nachmittags waren wir im Kaisergarten und im Volksgarten (ein an der Hofburg gelegener öffentlich begehbarer Park). *Der Hildegarde zu Ehren ist heute große Familientafel beim Kaiser. Abends sind wir allein.*

Die mittägliche Veranstaltung war militärischer Natur und fand vermutlich in Anwesenheit des Kaisers statt.

Mittwoch
15. Heute ist der Namenstag der Mama und der Geburtstag des kleinen Ludwig. In der Früh sind wir zum Frühstück zur Mama gekommen, und ich habe der Mama eine Zeichnung, einen Engel und einen Vorsprung (vermutlich eine dazupassende Konsole) *dazu geschenkt, und der Maxi hat ihr sein Portrait und einen Teufel von Papier maché* (in einer Klebetechnik, bei der aus Papierresten und Leim plastische Figuren geformt werden) *geschenkt, und wir zusammen haben dem kleinen Ludwig ein lebendes Lamm geschenkt. Zum Frühstück ist der Onkel Ludwig, die Großmama und der Onkel Johann gekommen. Wir waren mit der Mama in der Messe. Wir haben beim Kaiser gespeist. Die Hildegarde ist etwas unwohl. Nachmittag sind wir mit dem Papa auf der Bastei herumgegangen, und dort sind wir dem Kaiser begegnet, dann sind wir in das Kärntnerthortheater gegangen, nähmlich in die italienische Oper: »Maria di Rohan«; es war sehr hübsch.*

Wenn ein Familienfesttag anfiel, wurde dem betreffenden Mitglied zu Ehren die Tagesgestaltung verändert. So wurde das sonst getrennt eingenommene Frühstück von Kindern und Eltern zusammengelegt

und die jungen Erzherzoge meist vom Unterricht befreit.
In der Erzählung scheint von zwei ›*Frühstücken*‹ die Rede zu sein: das eine wurde frühmorgens im kleinen Kreis genommen, das zweite am späten Vormittag in erweiterter Gesellschaft. Die Mittagstafel eines Festtages fand – wie die sonntäglichen Diners – im großen Familienkreis und im Beisein des Kaisers statt.
Zu den beliebtesten Mitgliedern der Familie zählte Erzherzog Ludwig. Er war ein jüngerer Bruder von Carl Ludwigs Großvater, Kaiser Franz II./I., zum Zeitpunkt der Eintragung 61 Jahre alt und galt als hochbegehrter Gesellschafter. Obwohl niemals verheiratet, verehrte er schöne Frauen, wobei Erzherzogin Sophie und ihre Zwillingsschwester Marie, Königin von Sachsen, zu seinen Favoritinnen zählten. Für Carl Ludwig und seine Brüder galt er – im Fall der Abwesenheit der Eltern – als Ersatzvater, der sie mit Spiel und Unterhaltung erfolgreich von ihren kleinen Sorgen abzulenken verstand.
Erzherzog Johann entstammte derselben Generation wie ›*Onkel Ludwig*‹. Bei ihm handelt es sich um einen in der Familie nicht unumstrittenen Mann. Er hatte sich seit seiner Jugend gegen Zeremoniell und Etikette aufgelehnt und früh dem Hofleben entsagt, um (zunächst in Tirol, später) in der Steiermark ein Leben nach eigenen Vorstellungen zu führen. Dazu gehörte für ihn die Verbindung mit einer Frau ›*aus dem Volke*‹ – er war seit 1827 mit der Bürgerlichen Anna Plochl

verheiratet – und die Verwirklichung zahlreicher anderer Ideale, die in den seltensten Fällen mit denen der kaiserlichen Familie übereinstimmten.

Donnerstag
16. Heute ist Christihimmelfahrt; Mittags sind wir in den Prater gefahren, aber es hat geregnet; der Abbé Kiss speiste bei uns, und gleich nach dem Essen sind wir in den Kaisergarten gegangen, um ihm Alles zu zeigen. Nachmittags sind wir mit der Mama, und mit dem Papa in den Prater gegangen. Wir gingen Abends zur Mama und haben dort Thee getrunken. Mehrere Damen waren bei der Mama; die Herzogin (unleserlich), *die Gräfin Maria* (unleserlich), *die Gräfin Erdödy, das Fräulein Fuchs, die Gräfin Schönborn und die Gräfin Stadion.*

An diesem Tag durften die Erzherzoge Ferdinand Maximilian und Carl Ludwig das erste Mal nach der Scharlacherkrankung ihres ältesten Bruders wieder an einer Abendgesellschaft ihrer Mutter teilnehmen.
Bei den anwesenden Damen handelt es sich um Gräfin Ernestine Erdödy, Sternkreuzordensdame und Palastdame; ein nicht genauer zu bestimmendes Fräulein Fuchs; die seit 1841 verwitwete Gräfin Ernestine Schönborn, Obersthofmeisterin der Erzherzogin Sophie, und Gräfin Maria Anna Stadion-Thannhausen, eine ihrer Hofdamen.

Freitag
17. Mittags waren wir auf der Bastei und im Kaisergarten; heute habe ich den Franzi gesehen (wohl nur von weitem, denn seine Quarantäne war noch nicht aufgehoben). *Es geht ihm gut. Nachmittags waren wir mit der Mama und mit dem Papa im Prater. Abends sind wir nach dem Souper zum Johannes von Nepomuck* (eine Statue) *bei den* (außerhalb der Bastei gelegenen) *Stallungen und dann in den Volksgarten gegangen.*

Die nächsten Tage waren von Spaziergängen und Alltagsgewohnheiten geprägt. Sonntag (19. Mai) exerzierten die jungen Erzherzoge – vermutlich gemeinsam mit ihren Kameraden – im Kaisergarten. Diese militärische Übung zählt zu den wenigen im Tagebuch erwähnten Unterrichtsstunden, was darauf schließen läßt, daß Carl Ludwig sie nicht ungern hatte. Den darauffolgenden Abend gab es ein Hofkonzert, an dem die Kinder – von der Galerie aus zusehend – teilnehmen durften.

Dienstag
21. Mittags waren wir im Augarten und um 1/2 4 Uhr Nachmittags sind wir auf den Glashausball gegangen, und haben dort getanzt; ich habe die Quadrille mit der älteren Taaffe getanzt und mit der jungen Bellegarde den Cotillon, nach dem sind wir in den Prater spazierengegangen. Abends waren wir bei der Mama. Die Tante Amelie und der Prinz Wasa waren dort.

Schon sehr früh durften die Erzherzoge an Kinder- oder Adoleszentenbällen teilnehmen, die am Nachmittag oder frühen Abend stattfanden und – wie die meisten Bälle bei Hof – zeitlich genau begrenzt waren. Carl Ludwig war wie seine Brüder ein begeisterter Tänzer und Ballbesucher – eine Leidenschaft, die er bis an sein Lebensende beibehielt.
Der elfjährige Tagebuchschreiber erwähnte zunächst einen Tanz mit der *›älteren* (von zwei Schwestern) *Taaffe‹*. Vermutlich ist damit eine der drei Töchter Graf Ludwig Taaffes, k.k. Kämmerers, Geheimen Rats, Präsidenten der Obersten Justizstelle und der Hofkommission in Justizgesetzsachen, gemeint. Es wird sich dabei wohl nicht um die älteste, neunzehnjährige Clementine gehandelt haben, sondern eher um die nächstältere Walburga, die zu dem Zeitpunkt aber auch schon siebzehn Jahre alt war. Wahrscheinlich besuchte sie gemeinsam mit ihrer vierzehnjährigen Schwester Amalie den Ball, weshalb Walburga als ›die ältere‹ der beiden bezeichnet wurde. Der auf jeden Fall enorme Altersunterschied von sechs Jahren, den Walburga von ihrem Tänzer trennte, wurde durch seinen Status wettgemacht: Carl Ludwig war ein ranghoher Erzherzog, mit dem zu tanzen jeder auch noch so alten Gräfin eine Auszeichnung darstellen mußte.
Mit der *›jungen Bellegarde‹* ist die 14jährige Pauline gemeint, deren Vater, August Graf Bellegarde, Obersthofmeister der Kaiserin Caroline Auguste war.

Ein gesellschaftliches Detail am Rande: Wäre Erzherzog Carl Ludwig zum Zeitpunkt dieses Balles an die 18 Jahre alt gewesen und würde er den Cotillon mit der Gräfin Bellegarde während einer Saison noch einmal getanzt haben, dann hätte er sie innerhalb der nächsten Monate heiraten müssen. Dieser Tanz galt für Heiratsfähige damals als öffentliches Bekenntnis der gegenseitigen Liebe. Allerdings hatte der erwachsene Carl Ludwig sehr darauf geachtet, wann und mit wem er den Cotillon tanzt, da er wußte, daß die Verbindung mit einer Gräfin unstandesgemäß war und mit großer Wahrscheinlichkeit den Ausschluß aus dem Kaiserhaus nach sich gezogen hätte.
Tante Amelie und Prinz Wasa waren Geschwister, Kinder des letzten regierenden Königs von Schweden aus dem Hause Wasa, und mit Erzherzogin Sophie im ersten Grad vercousint. Ihre Mütter, Friederike und Karoline, Königinnen von Schweden und Bayern, waren Schwestern und Töchter des Erbprinzen Carl Ludwig von Baden. Amelie war seit Kindertagen die beste Freundin Sophies, mit der sie über Jahre hindurch einen innigen Briefverkehr hegte. Sie blieb unverheiratet und lebte als erwachsene Frau vorwiegend in Wien. Ihr Bruder, Prinz Gustav Wasa, der als Offizier in der österreichischen Armee diente, wäre der schwedische Thronprätendent gewesen, wenn sein Vater, König Gustav IV. Adolf, nicht im Jahr 1809 den Thron verloren hätte.

Mittwoch
22. Mittags sind wir mit der Mama und mit dem kleinen Ludwig in den Pratergarten gefahren, und haben dort mit der Mama, mit dem kleinen Ludwig, mit der Gräfin Arco, mit der Stephanie (unleserlich), *mit der Gräfin Schönborn, mit der Marie Stadion und mit der Marie Vécsey gefrühstückt. Wir sind wieder zum Franzi in unsere alte Wohnung gezogen; er befindet sich sehr wohl. Nachmittags fuhren wir in den Prater, und sind dort dem Stephan, dem Kaiser und dem Franzi begegnet. Wir waren bis 1/4 10 Uhr Abends bei der Mama. Heute war auch der schöne Ball im Augarten, den der Gordon* (vermutlich der damalige englische Botschafter in Wien) *gibt. Die Mama geht auch hin.*

An diesem Tag wurde die Krankheit Franz Josephs offiziell für beendet erklärt. Die Brüder Ferdinand Maximilian und Carl Ludwig zogen zurück in ihre Wohnung, die sie mit dem ältesten Bruder teilten. Deshalb fanden etliche Familienzusammenkünfte statt, um die Quarantäne feierlich zu beschließen.
Bei den neu hinzugekommenen Gesellschafterinnen während des Praterspaziergangs handelt es sich zunächst um eine – ohne Vornamen unter einer Vielzahl von weiblichen Familienmitgliedern nicht zu bestimmende – Gräfin Arco und um eine in den folgenden Eintragungen zigmal zitierte Gräfin Marie Vécsey, die mit der Leitung der Kammer des drei-

jährigen Ludwig Victor betraut war. Ihr Rang muß dem einer Aja entsprochen haben, obwohl sie den Titel – verwunderlicherweise – nicht führte.

Freitag
24. Um 9 Uhr frühstückten wir mit allen Carlischen und auch mit dem Papa und mit der Mama. Wir machten Visiten und später sind wir mit dem Papa und mit der Mama in den Prater spazieren gegangen. Abends besucht uns Albert. Um ½ 9 Uhr gingen wir zur Mama. Franzi ging in das Kärntnerthortheater, wo die Elßler tanzte.

›*Alle Carlischen*‹ meint den – zu diesem Zeitpunkt – in Wien lebenden Teil der Familie des verwitweten Erzherzog Carl. Dazu gehörten der mit Hildegarde von Bayern verheiratete Sohn Albrecht (›*Albert*‹) und die Kinder Carl Ferdinand, Marie Karoline und Wilhelm. Da ›*Albert*‹, der älteste Sohn Erzherzog Carls, als einzelner Abendbesuch noch einmal erwähnt wird, kam er an diesem Tag offensichtlich zweimal.

Samstag
25. Mittags waren wir im Augarten. Nachmittags sind wir nach Schönbrunn gegangen. Abends waren wir bei der Mama.

Daß man am Nachmittag nach Schönbrunn ›*ging*‹, bedeutet, daß an diesem Tag einer der zweimal pro Jahr stattfindenen Umzüge stattfand. Im Frühjahr wechselte die kaiserliche Familie von der in der Wiener Innenstadt liegenden Hofburg in das Landschloß Schönbrunn, im Herbst fand die Rückübersiedlung statt. Für die jungen Erzherzoge bedeutete der Aufenthalt in Schönbrunn eine Verminderung des theoretischen Unterrichtsstoffs, mehr Lehrstunden im Freien und viel gemeinsame Zeit mit den Eltern, mit denen man ausgiebige Spaziergänge unternahm.

Pfingstsonntag – Sonntag
26. Heute ist Pfingstsonntag. Mittags waren wir im Boulingrin und haben dort mit den Bombelles gespielt. Wir speisten bei der Mama. Nachmittags waren wir mit der Mama und mit dem Papa in dem bothanischen Garten, und beim Richter von Lainz (einem Speiselokal in der Nähe des Lainzer Tiergartens, der zu den kaiserlichen Jagdrevieren gehörte und im Westen von Schönbrunn liegt). *Abends waren wir bei der Mama.*

Die Bezeichnung ›*Boulingrin*‹ besteht seit dem 17./18. Jahrhundert als französisierte Fassung des englischen Wortes ›*Bowling Green*‹. In Schönbrunn war damit ein innerhalb des Schloßparks abgegrenzter Teil bezeichnet, der an die Orangerie anschloß und sich bis zum Meidlinger Tor erstreckte. Das Boulingrin umfaßte einen Kinderspielplatz mit Schießbuden, einen Kaninchenstall, eine Schaukel und ein kindergerechtes Festungswerk. Später wurde auch eine kleine

Meierei angelegt. Das ›*Café Meierei*‹ erinnert bis heute an den einstigen Kinderspielplatz der Erzherzoge. Im Inneren des Kaffeehaus-Pavillons befindet sich übrigens ein Aquarell der spielenden Kinder vor demselben Gebäude im Originalzustand.

Pfingstmontag – Montag
27. Wir speisten bei der Mama. Nachmittags waren wir mit der Mama beim guerra. Es war sehr schön. Abends waren wir bei der Mama.

Eine für Erzherzog Carl Ludwig typische Eintragung: zwei Zeilen mit drei Hinweisen auf ein Zusammensein mit der geliebten Mutter.
Wer oder was sich hinter ›*guerra*‹ (Krieg?/Kriegsheld?) verbirgt, läßt sich nicht nachvollziehen. Vielleicht ist damit ein – verwandter oder gut bekannter – Militär gemeint, den man mit diesem Spitznamen rief. Die Eintragungen der beiden nächsten Tage wiederholen Spaziergänge und abendliche Zusammentreffen mit Erzherzogin Sophie.

Donnerstag
30. Heute ist der Namenstag des Kaisers und des Maxi. Er (der Bruder) *hat von der Mama ein großes Theeservice bekommen. Wir speisten beim Kaiser. Nachmittag regnete es, und wir spielten in der Gallerie* (in einem der großen Säle des Schlosses) *mit den Cameraden. Nachher war ein Gouter* (ein gemeinsames Es-

sen mit den Studien- und Spielkameraden) *und dann blieben wir bei der Mama.*

›*Maxi*‹, der zweitälteste Bruder Erzherzog Carl Ludwigs, hieß – wie früher erwähnt – Ferdinand Maximilian, weshalb er den Namenstag mit seinem Onkel, Kaiser Ferdinand I., feierte.
Die folgenden, wenig ereignisreichen Tage waren geprägt von Turn-, Reit-, Fecht- und Schwimmstunden, Kutschieren sowie von Promenaden mit den Eltern, der Großmutter und Erzherzog Ludwig. Abwechslung bot erst wieder Donnerstag, der 13. Juni, als man eine illustre Verwandte, ›*Tante Louise von Parma*‹, in ihrem Quartier in Wien besuchte. Sie entstammte der Generation der Eltern Erzherzog Carl Ludwigs und war in erster Ehe mit Kaiser Napoleon I. von Frankreich verheiratet. Aus dieser Verbindung war ihr einziger legitimer Sohn hervorgegangen: der jung verstorbene Napoleon II., der unter seinem späteren Titel eines Herzogs von Reichstadt besser in Erinnerung ist. Noch während der bestehenden Ehe mit dem im Exil lebenden Napoleon empfing Louise als frisch eingesetzte Herzogin von Parma zwei uneheliche Kinder von ihrem Liebhaber Adam Graf Neipperg, die trotz späterer Heirat niemals legitimiert wurden. Dieser Ehe folgten etliche Liebschaften mit Lehrern der Kinder, Opernsängern und Gefolgsleuten sowie eine letzte, dritte Ehe mit Carl Graf Bombelles.

Zurück zu Carl Ludwig und seinen Brüdern. Ab 14. Juni dominierte wieder das Schönbrunner Alltagsleben, das sich in Exerzieren, Fechten, Turnen, Spielen im Freien und gemeinsamen Erlebnissen mit den Eltern und der Großmutter erschöpfte. Die geringe Abwechslung zielte darauf hin, die Kinder nicht von ihren Studien abzuhalten, da der Abschluß des Jahresunterrichts bevorstand. Die schriftlichen und mündlichen Prüfungen fanden zwischen 17. und 19. Juni statt. Ihr Ende wurde bei einem gemeinsamen Theaterbesuch mit den Eltern feierlich begangen.

Am 20. Juni begannen Ferien vom theoretischen Unterricht, und das Freizeitprogramm nahm einen größeren Teil im Tagesablauf ein. Alle praktischen Übungen und Unterrichtsstunden wurden aber weitergeführt. Am 24. Juni fand sogar eine Prüfung im Schwimmunterricht statt, wobei Erzherzog Carl Ludwig eine Art von Freischwimmerabzeichen errang.

Verschiedene knappe Eintragungen, die sich in nichts von den vorhergehenden unterscheiden, werden bis 4. Juli geführt, brechen dann aber bis 11. Oktober ganz ab. Die kaiserliche Familie hielt sich während dieser Zeit in Ischl (erst ab 1906 ›*Bad*‹ Ischl) auf, von wo die jungen Erzherzoge, Franz Joseph, Ferdinand Maximilian und Carl Ludwig, am 5. September eine mehrwöchige Bildungsreise antraten. Sie ging in Begleitung von vier Kammerherren Erzherzog Franz Carls, die bei seinen drei ältesten Söhnen als Erzieher tätig waren (den Grafen Coronini, Bombelles und Morzin sowie Baron Gorizzutti), von Salzburg über Berchtesgaden nach Innsbruck und ins Stubaital, von wo aus Bergtouren unternommen wurden. Dann setzte man die Reise in Richtung Bodensee fort, besuchte von dort aus das bayerisch-königliche Schloß Hohenschwangau und lenkte weiter gegen Süden nach Bozen und Brixen. Nach einigen Tagen des Aufenthalts ging es – über Lienz, die Radstädter Tauern und das obere Ennstal – zurück in Richtung Ischl, wo die Kinder schon auf der Strecke von der ungeduldig wartenden Mutter in Empfang genommen wurden. Allerdings mußten sie – um einer möglichen Ansteckungsgefahr zu entgehen – sofort nach Wien weiterreisen, da ihr jüngster Bruder, der zweijährige Ludwig Victor, in Ischl an Masern erkrankt war.

Ende September, Anfang Oktober scheinen die Kinder in Begleitung ihrer Erzieher wieder in Schönbrunn gewesen zu sein. Um diese Zeit muß der regelmäßige Unterricht eingesetzt haben. Die Eintragungen ins Tagebuch wurden ab 11. Oktober wieder aufgenommen. Carl Ludwig scheint im Zuge des neuen Unterrichtsplans dazu angehalten worden zu sein, pro Tag eine ganze Seite mit Tageserlebnissen zu füllen. Diese Übung wurde allerdings nur bis zum 26. November durchgehalten, ab dann überwiegen wieder knappe, zwei- bis vierzeilige Berichte im Stil der früheren Artikel.

1844 October

Freitag

11. Heute Mittags exercirten wir im Boulingrin, und nach dem Exerciren rissen wir im sogenannten Sturm die Bäume aus. In einem von den Strahlen des Sturms kommt die neue kleine Schweiz vom Maxi hin. Heute speiste Wittek da. Nachmittags gingen wir gegen Lainz und dann nach Hetzendorf, es regnete. Wir soupirten bei uns und gingen dann zum Papa, der heute seine Andacht (katholisch: das Verrichten von bestimmten Gebeten in einer Kirche oder Kapelle) *verrichtete.*

Der ›*sogenannte Sturm*‹ war vermutlich eine militärische Übung. Daß dabei ›*Bäume ausgerissen*‹ wurden, bedeutet wohl, daß man Platz schaffen wollte, um ›*im Fall eines feindlichen Angriffs*‹ gute Sicht zu haben. Andererseits wurde das freigewordene Terrain später für landwirtschaftliche Zwecke genutzt. Denn mit der ›*neuen kleinen Schweiz von Maxi*‹ ist eine Meierei, eine Milchwirtschaft, gemeint. An solchen ›*Besitzungen*‹ durften die jungen Erzherzoge ihr wirtschaftliches Geschick erproben. Mit den Erträgen daraus wurde das Taschengeld aufgebessert. Jeder besaß eine kleine Anzahl nutzbringender Tiere. Wie man der Eintragung des vorangegangenen 15. Mai entnehmen kann, hatte sogar der zweijährige Ludwig Victor an seinem Geburtstag ein lebendes Lamm zum Geschenk erhalten.

Schloß Hetzendorf und sein Areal, das sich wie Lainz in der Nähe von Schloß Schönbrunn befindet, war seit den Tagen Kaiserin Maria Theresias ebenfalls in habsburgischem Familienbesitz. Um die Zeit der Tagebucheintragung war es von einer unverheiratet gebliebenen Schwester von Carl Ludwigs Vater, Erzherzogin Maria Anna, bewohnt.

Samstag
12. Heute Mittags waren wir beim Franzi beim Aufnehmen (Wortsinn nicht ganz zu klären, vermutlich Geländemessungen, vgl. auch mit den Eintragungen vom 14. und 15. Oktober), *wir hätten aber eigentlich reiten sollen, aber die Perponative*(? – wahrscheinlich Gerüste, auf die aufgebaut wurde) *zum Feuerwerk* (für den nächsten Tag) *sind dort aufgestellt. Nachmittags schoß der Franzi in der Fasanerie Scheiben, wir spielten dort, und unterhielten uns sehr gut. Abends waren wir beim Papa, wo auch der Onkel Ludwig war.*

Sonntag
13. Heute Mittags fuhren wir nach Baden (etwa 20 Kilometer im Süden von Wien; das Ziel war die Weilburg, der Sommersitz der Familie Erzherzog Carls), *speisten beim Onkel Carl und sahen die Hildegarde und den Albert. Dann spielten wir im Garten und fuhren um 3/4 5 Uhr fort. Wir kamen hier um 1/4 7 Uhr an, und dann war hier großes Feuerwerk, was sehr*

schön war. Abends waren wir beim Papa, wo der Onkel Ludwig auch war. Beim Feuerwerk waren eine Menge Menschen. Heute ist der Todestag des Großpapa von Baiern (König Maximilians I., des Vaters von Erzherzogin Sophie).

Montag
14. Mittags ritten wir. Der Graf Ledochowski war auf der Reitschule, und aß dann auch bei uns. Der Wittek ist auch da. Nachmittags gingen wir in die Fasanerie, wo der Franzi aufnahm, und wir spielten dort. Dann kam auch der Graf Ledochowski hin. Abends ging der Papa in's Theater, und die Großmama ließ uns kommen. Die Amie und die Gräfin Praschma waren da.

Bei Graf Timotheus Ledochowski handelt es sich um einen polnischen Aristokraten, der etwa ab den dreißiger Jahren des 19. Jahrhunderts in österreichischen Diensten war: zunächst als Oberstleutnant im 12. Husarenregiment, später als Dienstkämmerer bei Erzherzog Franz Carl, wo er dem Hofstaat von dessen ältesten Söhnen, Franz Joseph und Ferdinand Maximilian, zugeteilt war.
Am 6. Oktober waren die Eltern aus Ischl zurückgekehrt. Jedoch scheint Erzherzogin Sophie Schönbrunn mit ihrem kleinen Sohn Ludwig Victor am 7. oder 8. wieder verlassen zu haben (vermutlich wegen eines Familienfestes bei ihren Verwandten in Bayern). Ihre Abreise wird im Tagebuch zwar nicht erwähnt, ihr

Fehlen ist jedoch durch die verstärkte Erwähnung des Vaters, der Großmutter und des Großonkels (Erzherzog Ludwig) zu bemerken. Die Bestätigung ihrer Abwesenheit findet sich erst in der Eintragung vom 17. Oktober, da Carl Ludwigs Bruder Franz Joseph einen Brief von ihr erhielt.

Dienstag
15. Heute Mittags turnten wir im Boulingrin mit Franzerl. Die Amie speiste bei uns. Nachmittags gingen wir in die Fasanerie, wo der Franzi aufnahm. Abends gingen wir zum Papa, wo auch der Onkel Ludwig war. Heute ist Theresia (Der Namenstag der Therese Bombelles und der Mutter von Grafen Morzin. – das letzte alles wieder gestrichen).

›*Franzerl*‹ steht im Tagebuch immer im Unterschied zu ›*Franzi*‹, womit der älteste Bruder Carl Ludwigs gemeint ist. Bei ersterem handelt es sich um einen Studien- und Spielkameraden, den ältesten der vier Söhne Graf Eugen Falkenhayns, k.k. Kämmerers, Geheimen Rats und Feldmarschalleutnants, der das Amt des Obersthofmeisters von Erzherzog Franz Carl innehatte.
›*Heute ist Theresia*‹ weist auf den katholischen Festtag der heiligen Theresia hin. Er bezieht sich auf Theresia von Avila, die Stifterin der unbeschuhten Karmelitinnen, die im 16. Jahrhundert gelebt hatte. Der Namenstag hatte bei Katholiken lange Zeit einen

höheren Stellenwert als der Geburtstag. Man gedachte an dem betreffenden Tag aller Träger dieses Vornamens und empfahl sie im Gebet dem jeweiligen Schutzpatron. Mit der Namensgebung wollte man dem Täufling auch die Eigenschaften seines Beschützers übertragen.
Theresia war im 19. Jahrhundert und vor allem innerhalb der kaiserlichen Familie ein besonders häufiger Name. Therese Bombelles war eine Tochter des kaiserlichen Ajos Heinrich Graf Bombelles und Schwester der beiden Studien- und Spielkameraden Marko und Charli; Gräfin Therese Morzin die Mutter des gleichnamigen Erziehers.

Mittwoch
16. Heute Mittags ritten wir. Der Abbé Kiss speiste da, und der Graf Bombelles auch. Nachmittags blieben wir zu Hause, und spielten mit unseren Bleisoldaten. Wir gingen nicht aus, weil es regnete und zu feucht war. Abends ging der Papa mit der Großmama in das Josephstädtertheater, und deßwegen sind wir Abends allein; denn sonst, wenn auch der Papa in das Theater gegangen wäre, so hätte uns die Großmama eingeladen. Franzi klagt etwas über Kopfweh.

Rührend erscheinen Sätze wie der über den abendlichen Ausgang des Vaters mit der Großmutter. Erzherzog Carl Ludwig hat den Text allerdings etwas unklar formuliert. Es muß am Ende natürlich heißen:

›... *wenn auch* (= wenn NUR) *der Papa in das Theater gegangen wäre, so hätte uns die* (daheimgebliebene) *Großmama* (zu sich) *eingeladen*‹. Die Bemerkung läßt auch auf die innige Beziehung zur Großmutter schließen. Denn obwohl Erzherzog Carl Ludwig sowohl seinen Vater als auch ›Onkel Ludwig‹ sehr schätzte, war er ein sensibles, zärtlichkeitsbedürftiges und vor allem frauenbezogenes Kind. Deshalb konnte ihm nur die ›*Großmama*‹ (die eine Halbschwester seiner Mutter war) die sicherlich sehr vermißte ›*Mama*‹ ersetzen.

Donnerstag
17. Mittags gingen wir zum Turnen und Fechten in das Boulingrin. Nachmittags fuhren der Maxi, ich und der Graf Coronini mit den kleinen Pferden (im Wagen); *denn der Franzi fuhr mit dem Onkel Ludwig aus. Es regnete ein wenig, aber nicht lange. Abends waren wir beim Papa mit dem Grafen Bombelles, wo der Onkel Ludwig auch war. Der Franzi bekam heute einen Brief von der Mama.*

Die nächste – von Unterricht geprägte – Zeit verlief ähnlich wie die der vorhergehenden Tage. Unterbrechungen erfuhr der Schönbrunner Alltag durch Promenaden mit dem Vater, dem Großonkel und der Großmutter, die vor allem für die Abendgesellschaft der Kinder sorgte. Am häufigsten wurde Karten gespielt, »... was sehr unterhaltend ist« (18. Oktober).

Die Spiele hießen ›*Vive la paix*‹ (›*Es lebe der Frieden*‹) und ›*Schwarzer Peter*‹. Die Verlierer bekamen Schnurrbärte ins Gesicht gemalt.
Um das Interesse am Unterricht ihrer Enkel zu bekunden, besuchte auch Kaiserin Caroline Auguste – wie sonst Erzherzogin Sophie – die Reit- und Fechtstunden der Kinder und belohnte sie, wie ihre Mutter, mit Vergnügungsausflügen und anderen gemeinsamen Unternehmungen.
Am 21. Oktober traf die herzlich erwartete Mutter wieder in Schönbrunn ein. Ihr Mann, Erzherzog Franz Carl, der sie ebenso vermißt hatte wie die Kinder, war ihr einige Poststationen entgegengereist. Noch am selben Abend fand im kleinen Kreis (Brüder, Eltern, Großmutter und Großonkel) ein gemeinsames Essen mit anschließender Unterhaltung statt.

Dienstag
22. Mittags turnten wir im Boulingrin. Nachmittags gingen wir den Trin (eigentlich: ›*Train*‹ für ›*Zug*‹), *der von Gratz* (der ungefähr zweihundert Kilometer im Süden Wiens gelegenen Hauptstadt des damaligen Herzogtums Steiermark) *zurückkam, anschauen mit dem Baron. Abends waren wir bei der Mama, wo der Papa und der Onkel Ludwig war. Wir gingen den Trin beim Bahnhof von Hetzendorf anschauen. Es waren nicht sehr viele Menschen. Wir haben uns sehr gut unterhalten.*

Die Besichtigung des Zugs in der Station Hetzendorf zählte zu den absoluten Tagesaktualitäten, da die Verbindung Wien-Graz erst am 21. Oktober, also tags zuvor, dem öffentlichen Verkehr übergeben worden war. Bemerkenswert in dem Zusammenhang war die kurze, nur ein paar Monate dauernde Bauzeit der Strecke, während der ein beinahe tausend Meter hoher Paß, der Semmering, trassiert, mit Schienen belegt und dem öffentlichen Verkehr übergeben werden konnte. Die Fertigstellung der ›*Semmering-Gebirgsbahn*‹ bedeutete vor allem der oft und weit reisenden kaiserlichen Familie eine enorme Erleichterung.
Wegen der großen Sensation, die das Ereignis bei den Habsburgern hervorrief, scheinen die jungen Erzherzoge den Bahnhof am 22. Oktober sogar zweimal besucht zu haben: nachmittags in Begleitung Baron Gorizzuttis und am Abend gemeinsam mit den Eltern und dem Großonkel.

Mittwoch
23. Mittags gingen wir zum Reiten. Die Mama hat zugesehen. Der Abbé Kiss speiste bei uns. Nachmittags gingen wir über St. Veit, Lainz und Hitzing (alles Orte im Umkreis von Schloß Schönbrunn, heute zu Wien gehörig) *nach Hause. Abends waren wir bei der Mama, wo die Großmama, die Marie Stadion, die Amie und der Graf Morzin waren. Wir aßen Zwetsch*(k)*enkuchen. Wir unterhielten uns dort sehr gut.*

Der Zwetschkenkuchen ist die erste kulinarische Spezialität, die im Tagebuch Erwähnung findet. Der Grund liegt wohl darin, daß Erzherzog Carl Ludwig ihn besonders gerne aß und daß es ihn selten gab. Um die Mitte des 19. Jahrhunderts wurde – wie in den Epochen davor – hauptsächlich inländisches Obst und Gemüse verzehrt (ausländische Früchte waren kostspielig und verdarben – wegen der langen Beförderungszeit – schnell), und das auch nur während der jeweiligen Erntezeit.

Ab 24. Oktober kehrte in Schloß Schönbrunn der herbstliche Arbeitsalltag ein. Von den Übungen im Freien wurden die Reitstunden und die Wanderungen beibehalten, hinzu kamen einige Jagden: ›*Nachmittags gingen wir in die Fasanerie, wo wir Kaninchen mit Netzen fingen, aber sie wieder ließen. Dann kam der Onkel Ludwig hin, der dort Scheiben schoß.*‹ (25. Oktober) Abends fanden die üblichen Familiendiners statt. Am 29. Oktober übersiedelte man zurück in die in der Innenstadt gelegenen Hofburg.

Dienstag

29. Heute Mittags turnten wir in der Gallerie (noch in Schloß Schönbrunn), *und speisten um halb 2 Uhr, nach dem Essen fuhren wir in die Stadt, wo wir in unsere Zimmer* (in der Hofburg) *gingen und dann in die Jägerzeile zur Glockenweihe für die neue Kirche, wovon wir Pathen sind. Es war in der alten Kirche. Es waren ziemlich viel Menschen. Abends waren wir bei der Mama.*

Jägerzeile hieß früher die heutige Praterstraße, die vom Donaukanal – einer natürlichen Grenze der Wiener Innenstadt – direkt in den Prater führte. Bei der *›neuen Kirche‹* handelt es sich um die 1841-46 errichtete Johann Nepomuk-Kirche. Da der Bau noch nicht abgeschlossen war, fand der offensichtlich gut besuchte feierliche Akt der Glockenweihe in einer anderen nahegelegenen *›alten Kirche‹* statt.

Mittwoch
30. Heute Mittags gingen wir mit Papa und Mama (vermutlich wieder von Schönbrunn aus) *nach Mariabrunn* (einem Ort mit einer Wallfahrtskirche, in der Nähe von Lainz gelegen), *und von dort gingen wir bis zum Richter von Lainz, da nahmen wir Erdäpfel, Trauben und Butter. Wie wir nach Hause kamen, gingen wir zum Kaiser, allein er war nicht zu Hause, dann reisten wir nach Wien, und speisten mit dem Abbé Kiss. Wir waren im Josephstädtertheater* (dem gleichnamigen bis heute bestehenden Theater im achten Wiener Gemeindebezirk) *in »Krämer und sein Commis«.*

Die Strecke Hofburg-Schönbrunn war mit einem Pferdewagen innerhalb einer Stunde leicht zu bewältigen, weshalb man sich bei Schönwetter auch von der Innenstadt aus rasch dorthin begeben konnte. Kaiser Ferdinand, der Onkel Carl Ludwigs, schien noch nicht in die Hofburg rückübersiedelt gewesen zu sein, weshalb man ihn in Schloß Schönbrunn besuchen wollte.

Donnerstag
31. Heute fing die neue Tagesordnung an. Mittags ritten wir auf der Reithschule. Der Wittek speiste um 4 Uhr bei uns. Nach dem Essen gingen wir mit dem Grafen Coronini in die Porzellanfabrik, wo wir für die Großmama zu ihrem Namenstag Figuren kauften, dann gingen wir in der Stadt herum, wo wir dem Grafen Ledochowski begegneten. Abends ging die Mama in die französische Comédie.

Mit der neuen Tagesordnung begann für die jungen Erzherzoge wieder die Zeit des strengen theoretischen Unterrichts, der aber – solange das Wetter es erlaubte – von Spaziergängen unterbrochen wurde. An diesem Tag führte der Ausgang in die Wiener Porzellanfabrik, die sich damals an einer Längsseite des Gartenpalais Liechtenstein in der ›*Porzellangasse*‹ im 9. Bezirk befand. Erst im Jahr 1922 wurde die Manufaktur in das Augartenpalais verlegt, von dem das Porzellan seinen bis heute gültigen Namen erhielt.

1844. November.

Freitag
1. Heute Mittags gingen wir mit Ausnahme des Franzi in den Prater mit dem Baron. Wir speisten um halb 3 Uhr bei der Mama. Nach dem (katholischen Aller-

heiligen-)*Segen gingen wir mit dem Baron in der Stadt spazieren, und sahen die Gruft, die beleuchtet war, an; aber es waren so viele Leute dort, daß wir fast gar nichts sehen konnten. Abends waren wir bei der Mama, wo die Großmama und der Onkel Ludwig waren. Der kl. Ludw. bet. S.(u.)M.*

Am 1. November gedenkt die katholische Gemeinde ›*aller Heiligen*‹, einen Tag später betet man für die verstorbenen Verwandten und Freunde (›*Allerseelen*‹). Während der erste Tag einen kirchlichen Festtag bezeichnet, gilt der 2. November als Trauertag. Es hat sich eingebürgert, um diese Zeit die Gräber der Verstorbenen aufzusuchen, weshalb die Kinder mit Baron Gorizzutti in die offensichtlich überlaufene Kaisergruft gingen. Sie befindet sich in der Kapuzinerkirche (nahe der Hofburg) und enthält die Särge der meisten seit 1633 verstorbenen Habsburger.
Was der abgekürzte Schlußsatz (›*Der kl. Ludw. bet. S. u. M.*‹), der – wegen der schon ziemlich voll beschriebenen Seite – so knapp ausfiel, bedeuten sollte, läßt sich denken. Wohl ist dabei von der Person des kleinen Ludwig die Rede, der vermutlich betete. Bei ›*S.(u.)M.*‹ wird die Deutung etwas schwieriger. Anbieten würde sich »Segen und Messe«, was vielleicht auf eine erste vollständige Anwesenheit des Zweijährigen während eines Gottesdiensts verweist.

Samstag
2. Heute ist Aller Seelen. (*Heute wäre Reiten gewesen, allein wir ritten nicht wegen Aller Seelen Tag.* – durchgestrichen). *Der Graf Ledochowski speiste bei uns. Wir beichteten* (ebenfalls weil Allerseelen war) *heute in der Josephicapelle. Dann gingen wir gleich zu den Rainer, wo auch der Papa war. Der kleine Ludwig kam dann auch. Abends waren wir bei der Mama, wo auch der Onkel Ludwig war.*

Mit der ›*Josephicapelle*‹ ist vermutlich eine der innerhalb der Hofburg gelegenen Kapellen gemeint.
›*Die Rainer*‹ meint die Familie Erzherzog Rainers, des Vizekönigs von Lombardo-Venezien, der mit Prinzessin Elisabeth von Savoyen-Carignan verheiratet war. Er hatte um die Zeit der Eintragung fünf Söhne und eine Tochter (ein Sohn und eine Tochter waren jung verstorben) im Alter zwischen sechzehn und zweiundzwanzig Jahren.

Sonntag
3. Heute Mittags ging der Maxi in die Gruft, der Baron, ich und der Franzi blieben zu Hause. Ich richtete meinen Altar (einen kleinen Hausaltar) *für morgen her* (seinen Namenstag). *Wir speisten nicht beim Kaiser, weil wir morgen dort speisen. Nachmittags war Exerciren mit allen Knaben. Wir waren Abends allein, die Mama war im Theater, jedoch dann kam die Großmama mit der Amie zu uns.*

Am 4. November, dem Tag des heiligen Carl Borromäus, wurde – wie zuvor angekündigt – der Namenstag Erzherzog Carl Ludwigs gefeiert. Am Abend fand deshalb auch ein festliches ›*Gouter mit den Cameraden*‹ statt.
Einen Tag später wird von einer offensichtlich schon länger bestehenden Verkühlung Erzherzog Franz Josephs berichtet (›*Der Franzi hat noch einen Schnupfen und Husten. Deßwegen ritt er nicht.*‹)

Mittwoch
6. Heute Mittags gingen wir in der Stadt mit dem Grafen Morzin herum, es war sehr heiß. Der Papa ging auf die Jagd nach Aspern. Der Abbé Kiss speiste bei uns. Heute Abends hatte ich die erste Naturgeschichtslection mit dem Franzerl (Graf Falkenhayn). *Heute war für mich Turnen, jedoch der Franzerl kam nicht, weil er zu lernen hatte. Abends ging die Mama ins Theater, aber nur in den ersten Act. Wir bleiben Abends allein bei ihr mit dem Onkel Ludwig.*

Aspern, in der unmittelbaren Nähe Wiens, nördlich der Donau gelegen, war nicht nur ein beliebtes Jagdrevier der kaiserlichen Familie, sondern auch jener historische Ort, an dem Erzherzog Carl Kaiser Napoleon I. die erste Niederlage zugefügt hatte.
Wie individuell die Unterrichtsstunden der jungen Erzherzoge und ihrer Studienkameraden gestaltet waren, läßt sich an dieser Eintragung erkennen. Denn der

junge Graf Falkenhayn teilte mit Erzherzog Carl Ludwig zwar die erste Naturgeschichtslektion, durfte aber wegen Vorbereitungen für eine Prüfung an der gemeinsamen Turnstunde nicht teilnehmen.

Donnerstag
7. Heute Mittags gingen wir zum Dando (Erzherzog Ferdinand aus der Linie der Herzoge von Modena-Este), *und dann ritten wir, der Oberst Kutjár war auf der Reitschule, der Oberst vom Regimente des Franzi. Der Wittek speiste bey uns. Abends ging die Mama in das Kärntnerthortheater. Der kleine Ludwig war einen Augenblick bei unserer Tanzlection. Wir bleiben Abends allein. Der Graf Coronini las uns vor. Ich schrieb mein Journal.*

In Bezug auf die Orthographie sei auf die irrtümliche Schreibung des Wortes ›*bei*‹ mit ›*y*‹ verwiesen (›*Der Wittek speiste bey uns*‹). Sie hatte sich (gemeinsam mit den Zahlwörtern ›*zwey*‹ und ›*drey*‹) aus dem Barock herübergerettet. In Bayern war die Ypsilonschreibung unter König Maximilian I. eine derartige Modeerscheinung gewesen, daß man den Schriftstellern Brüder Grimm – für den Fall, sie würden sich in München niederlassen – nahelegte, ihren Namen ›*Grymm*‹ zu schreiben. Erzherzogin Sophie, die eine Tochter König Maximilians war, hatte in ihrer Kindheit auch diese Regel gelernt. Sie behielt die Schreibung bis in die dreißiger Jahre bei, gab sie dann

aber völlig auf. Das war für einen konservativ denkenden Erwachsenen dieser Epoche ungewöhnlich und beweist einmal mehr den flexiblen Geist dieser Frau.
Interessant in Bezug auf die ordnungsliebende Persönlichkeit Erzherzog Carl Ludwigs ist der letzte Vermerk dieses Tages: ›*Ich schrieb mein Journal.*‹ Damit ist die Eintragung ins Tagebuch (oder der Nachtrag nach Stichworten) gemeint, ein eigentlich unnötig erscheinender Vermerk, da das Resultat – der Tagesbericht – ohnedies vorliegt. Als Erzherzog Carl Ludwig Jahre später das Tagebuchschreiben wieder aufnahm, hielt er noch stärker an solchen – eigentlich überflüssigen – Bemerkungen fest. ›*Journal geschrieben*‹ zählte wie ›*um xx Uhr aufgestanden*‹, ›*gefrühstückt*‹, ›*rasiert*‹, ›*zum Kleinen gegangen*‹ oder ›*im Fremdenblatt gelesen*‹ zum fixen Repertoire der täglichen Eintragungen.

Freitag
8. Heute Mittags gingen wir auf die Bastei und in der Stadt herum. Heute speiste der Herr Doré (der Französischlehrer Erzherzog Carl Ludwigs und seiner Brüder) *und der Graf Bombelles bey uns. Der Herr Doré wird jetzt immer am Freitag bei uns speisen. Vor dem Essen kam die Mama und der kleine Ludwig zu uns. Abends gingen wir erst um halb 9 Uhr zur Mama.*

Auch in diese Eintragung hat sich ein ›*bey*‹ eingeschlichen. Das Wort erscheint aber einen Satz später schon wieder mit ›*i*‹ geschrieben.

Samstag
9. Heute Mittags ritten wir auf der Reitschule, wo der Franzi sich zu Pferde in Uniform mahlen ließ. Der Oberst Kutjár, der Oberst vom Regimente vom Franzi, war da. Der Oberst Kutjár speiste auch bei uns. Wir gingen zu der Tante Amélie (Prinzessin Wasa) *gleich nach dem Speisen. Abends waren wir bei der Mama. Der Onkel Ludwig war auch dort.*

Da Erzherzog Franz Joseph als sicherer Thronfolger feststand, wurde er oft porträtiert. Ein Jahr zuvor war er zum Obersten des Dragonerregiments Nr. 3 ernannt worden, weshalb man annehmen darf, daß er in dieser Uniform dargestellt wurde.

Sonntag
10. Heute Mittags blieb ich zu Hause statt auszugehen, weil ich etwas Husten habe. Wir speisten beim Kaiser wie immer an den Sonntagen. Abends exercirten die Kleinen, und die Großen turnten. Nach dem Exerciren spielten wir. Abends blieb die Mama zu Hause, es waren die Carlischen da, (auch) *der Dando, die Großmama und der Onkel Ludwig. Man spielte Lotto, Dauphin* (= Delphin oder Thronfolger)*, es war sehr unterhaltend.*

Die beiden folgenden Tage verbrachte Erzherzog Carl Ludwig mit einer leichten Grippe im Bett:

Dienstag, 12. Heute blieb ich auch noch im Bette. Der kleine Ludwig und die Mama kamen zu mir, währenddem Abbé Columbus (Hofkaplan Joseph Columbus, Religionswissenschaftler) *bei mir war. Der kleine Ludwig spielte mit dem Abbé Columbus und mit dem Wittek mit den Soldaten. Der Mama las die Gräfin Schönborn vor. Mir geht es schon besser, ich huste nicht mehr so stark. Ich langweiligte mich sehr.*

Wie üblich verbrachte Erzherzogin Sophie viel Zeit am Bett des kranken Sohnes. Verwunderlich scheint die Anwesenheit des zweijährigen Ludwig Victor (am 11. und 12. November), für den man doch eine Ansteckung befürchten mußte.
Am 13. November durfte Erzherzog Carl Ludwig am späten Vormittag das Bett verlassen, wurde aber noch mit Krankenkost versorgt. Am Nachmittag gab es erste Zusammenkünfte mit den älteren Brüdern und den Erziehern.

Freitag
15. Heute ist Leopoldi. Wir gingen in die Segensmesse mit der Mama. Ich allein fuhr mit dem Grafen Coronini in den Prater, (wir) *hielten bei der Schmiede, gingen bis zum Rondel*(le) *und gingen dann die Feuerwerkallé ganz durch, dann stiegen wir ein und fuhren*

nach Hause. Heute speiste ich schon um 4 Uhr. Abends ging die Mama in das Theater, und wir spielten Tombola mit dem Baron. D.M.h.T.

Am 15. November feiern die Katholiken den Festtag des heiligen Leopold, des Schutzpatrons von Wien und Niederösterreich. Die kaiserliche Familie gedachte der bedeutenden verstorbenen Habsburger, die diesen Namen trugen (vor allem der Kaiser Leopold I. und II. – letzterer ein Sohn Kaiserin Maria Theresias und Urgroßvater Erzherzog Carl Ludwigs). Der genesende Carl Ludwig unternahm an diesem Tag nur in Begleitung eines Erziehers einen Ausflug in den Prater. Der Weg scheint durch die Hauptallee bis zum Lusthaus *(›Rondelle‹)* und darüber hinaus bis ans Ende der Allee geführt zu haben, wo man den mitgeführten Wagen bestieg.
Das am Ende der Seite hineingedrängte Kürzel ›*D.M.h.T.*‹ läßt auf eine Zusammenkunft mit der Mutter schließen: »Die Mama hatte Thee (?)« wäre eine mögliche Erklärung für den allabendlichen Imbiß, an dem die Kinder meist teilnahmen.

Samstag
16. Heute ritt ich wieder auf der Reitschule den Pascha und den Montagnand. Abends waren wir allein bei der Mama. Sie las uns vor: Enfant du vieux chateau (›Kind aus dem alten Schloß‹). *Der Onkel Ludwig kam dann. Auf die Reitschule kamen wir spät, weil wir*

uns um 12 Uhr bei der Mama länger aufgehalten haben. Heute waren wir Abends zu Hause und spielten Tombola mit dem Franzerl (Graf Falkenhayn). *Die Mama ging mit dem Franzi* (Erzherzog Franz Joseph) *und mit dem Papa i.d.B.T.* (wohl in das Burgtheater).

Wenig Neues bieten die Eintragungen der folgenden Tage. Der Sonntag wurde mit dem üblichen Diner beim Kaiser und mit nachmittäglichen Spielen begangen. Am Montag, dem 18. November, nahm Carl Ludwig die erste Fechtstunde nach seiner Erkältung.

Mittwoch
20. Heute gingen wir mit dem Grafen auf die Bastei, aber nicht lange, weil der Franzi noch im Costume des Toisonritters (sich) *vor der Mama producirte. Nähmlich er bekommt nächsten Samstag das goldene Vließ mit dem Dando. Der Herr Doré speiste bei uns, es war französisches Diner. Abends blieben wir bei der Mama, wo die Großmama, Marie Stadion und Amie waren. Der kleine Ludwig wurde Sonnt. d. 18. krank, er hatte Husten, später brach er und mußte sich legen* (also hatte auch er sich mit der Grippe angesteckt).

Eine große Bedeutung im Leben eines Erzherzogs spielte die Verleihung des Goldenen Vließes. Hierbei versammelten sich alle Vließ- oder Toisonritter, um das neue Mitglied in den – weltlichen – Orden aufzunehmen. Der Chef des Hauses Habsburg (bis zum Ende der Monarchie war es der jeweilige Kaiser) hatte das Amt des Großmeisters inne. Er entschied, wer wann dem Orden beitreten durfte (außer den Habsburgern auch Mitglieder aus anderen Fürstenhäusern oder Adelsfamilien). Erzherzoge wurden – meist im Alter zwischen 14 und 18 Jahren (Erzherzog Ferdinand ›*Dando*‹ war zu dem Zeitpunkt sogar schon 23 Jahre alt) – automatisch aufgenommen. Im Falle des Austritts aus dem Familienverband (und nach dem Tod des Ordensmitglieds) mußte das Goldene Vließ, das bis dahin täglich sichtbar am Hals getragen wurde, zurückgegeben werden.

Donnerstag
21. Heute gingen wir auf die Reitschule. Ich ritt wieder den Omar. Der Wittek und die Amie speisten bei uns. Wir gingen nach dem Essen mit der Amie zum kleinen Ludwig. Heute blieb die Mama mit uns allein zu Hause. Der Onkel Ludwig kam nicht Abends, weil er zu sehr Schnupfen und Husten hat (das vierte Grippeopfer). *Die Mama las aus ›Enfants du vieux chateau‹ vor.*

Freitag
22. Heute Mittags gingen wir mit dem Baron in den Prater bis zum Rondel(le) *und dann noch ein Stück zurück. Es regnete in einem fort. Es war sehr naß und kothig. Der Graf Ledochowski, der Abbé Kiss und der*

Graf Bombelles speisten bei uns. Die Mama blieb Abends allein mit uns. Der Onkel Ludwig kam zum ersten Male Abends seit seinem Schnupfen zu der Mama.

Obwohl erst in der Eintragung des vergangenen Tages von der Grippe Erzherzog Ludwigs die Rede ist, scheint er schon längere Zeit krank gewesen zu sein, da sein Name seit 18. November bei den Abendgesellschaften fehlte.

Samstag
23. Heute war die Probe für die Toisonverleihung. Sie ist recht gut ausgefallen. Der Dando und der Franzi haben Proben gehalten. Nachmittags gingen wir in die Vesper (einen nachmittäglichen Gottesdienst), *die auch für die Toisonritter war. Die Ritter waren Alle in Costume* (= im Ordenskleid). *Der Erzbischof hielt die Vesper. Abends kamen wir um 7 Uhr zum kleinen Ludwig. Bei der Mama waren der Onkel Carl, die Hildegarde, die Marie, der Dando, der Carl Ferd*(inand), *Stephan, der Albert und Wilhelm.*

Anläßlich der Toisonverleihung und der Vorbereitungen dazu trafen etliche Familienmitglieder in Wien zusammen. Zu den Gästen der Abendgesellschaft zählten der künftige Toisonritter, Erzherzog Ferdinand aus der Linie der Herzoge von Modena, und die Familie Erzherzog Carls, der mit seiner Schwiegertochter Hildegarde, vier seiner Kinder und dem Neffen Stephan gekommen war.

Sonntag
24. Mittags um halb 11 Uhr war die große Toisonverleihung für den Franzi und den Dando. Es waren sehr viele Menschen. Es war sehr schön. Alle unsere Lehrer waren dabei. Wir speisten um 2 Uhr beim Kaiser, und gingen noch früher mit dem Grafen Coronini auf die Bastei. Heute Abends um 1/4 7 Uhr war die Hochzeit von der Gabriele Fürstenberg mit dem Grafen (eigentlich: Markgrafen) *Alphons Pallavicini* (Herr zahlreicher Majoratsherrschaften in Ungarn und Mähren, k.k. Kämmerer und Major in der Artillerie) *in der Hofcapelle. Abends blieben wir allein.*

Gabriele Fürstenberg war eine Tochter Landgraf Friedrich Carl Egons zu Fürstenberg, k.k. wirklichen Geheimen Rats, Kämmerers, Präses des Wiener Musikvereins und Obersthofmarschalls, und der Prinzessin Theresia von Schwarzenberg, Obersthofmeisterin Kaiserin Maria Annas. Dieser Ehe entsprangen zehn Kinder, und Gabriele war das jüngste von ihnen. Da die Hochzeit in der Hofkapelle stattfand und eigens im Tagebuch erwähnt wird, läßt es sich denken, daß Erzherzogin Sophie, Erzherzog Franz Carl und vermutlich auch die Kinder an der Zeremonie teilnahmen.

Montag
25. Heute gingen wir mit dem Grafen Coronini auf das Glacis, und zwar Mittags. Der Wittek speiste bei uns. Abends war die Mama zu Hause. Die Marie, die Hildegarde kamen Abends um 8 ½ Uhr. Wir tranken auch den Thee von der Mama. Dando war sehr unterhaltend und sagte eine Menge komische Sachen, dann kam der Papa und der Onkel Ludwig. Heute verheiratete sich Lina in Neapel mit dem Prince d'Aumâle.

An diesem Tag heiratete eine nahe Verwandte: Lina (eigentliche Karoline) war eine direkte Cousine Carl Ludwigs, Tochter Erzherzogin Klementines (einer Schwester seines Vaters) und Prinz Leopolds von Salerno aus dem Hause Bourbon-Sizilien. Der Bräutigam Heinrich Herzog von Aumâle entstammte der Familie der Könige von Frankreich aus dem Hause Orléans. Er war der fünfte Sohn Louis Philippes I., des gewählten ›*Bürgerkönigs*‹ von Frankreich. Dem Paar, Heinrich und Lina, sollten insgesamt sechs Kinder geboren werden, von denen vier im Kindesalter verstarben und zwei Söhne nur 21 und 18 Jahre alt wurden.
Die nächsten Tage verliefen nach dem üblichen Programm: die Brüder nahmen mehrstündigen theoretischen Unterricht – Abwechslung dazu boten Reit- und Fechtstunden. Abends gab es mit den Eltern, ›*Onkel Ludwig*‹ und den engsten Gefolgsleuten kleine Gesellschaften. Am 29. November wurde Erz-

herzogin Hildegarde, die junge Frau Erzherzog Albrechts, verabschiedet, da sie sich auf eine Reise nach Brünn begab.
Am Dienstag, den 3. Dezember, traf Kaiser Ferdinand den Herzog von Bordeaux, dem zu Ehren ein kleiner Empfang gegeben wurde. Erzherzogin Sophie, Erzherzog Franz Carl und ihre Söhne nahmen daran teil. Heinrich Herzog von Bordeaux, ein Mitglied der französischen Königsfamilie, besser bekannt als Graf von Chambord, war der rechtmäßige Erbe des französischen Königsthrons. Legitimisten galt er als König Heinrich V., der aber von einem weitschichtigen Verwandten, Louis Philippe I., dem Bürgerkönig, im Kindesalter entmachtet worden war. Heinrich Graf von Chambord lebte in Österreich im Exil, wo er hauptsächlich Schloß Frohsdorf in Niederösterreich bewohnte.
Am 7. Dezember, einem Samstag, wurde der Geburtstag Erzherzog Franz Carls mit einem Essen beim Kaiser gefeiert, abends veranstaltete man ihm zu Ehren einen Liederabend, der offensichtlich in der Hofburg stattfand. Am darauffolgenden Sonntag, dem 8. Dezember, wurde die ständig wiederkehrende, gleichlautende Wendung über das Familiendiner um eine meteorologische Bemerkung erweitert: An diesem Tag fiel der erste Schnee des Jahres.
Da man sich Weihnachten näherte, wurden die Unterrichtsstunden der drei ältesten Söhne Erzherzogin Sophies etwas vermindert, abends gab es vermehrt

Unterhaltung und Ausgänge. Die Kinder besuchten gemeinsam mit den Eltern verschiedene Ballettaufführungen und Theatervorstellungen.
Gegen Weihnachten zu werden die Eintragungen knapper, da Erzherzog Carl Ludwig wegen der zahlreichen Ablenkungen vermutlich keine Zeit fand, am Tagebuch weiterzuschreiben. Man besuchte etliche Verwandte und feierte am 13. Dezember den Geburtstag Erzherzog Ludwigs (*›Onkel Ludwigs‹*) vor. Das eigentliche Geburtsdatum war der 21. Dezember, aber es läßt sich denken, daß man die Feier wegen der Nähe zum Weihnachtsfest vorverlegte.

Freitag
20. Mittags gingen wir mit der Mama und mit der Gräfin Amade in die Boutique zum Chinesen, um dort für den kleinen Ludwig Spielereien zu kaufen, dann gingen wir in die Wachsblumenausstellung. Dann in den neuen großen Saal, wo Feste gegeben werden sollen. Es ist hinter der neuen Leopoldstädterkirche. Abends war Concert bei der Mama, wo Hasselt=Barth (Maria van Hasselt-Barth, Kammer- und Hofsängerin), *Emanuelli und Gabrieli* (beide vermutlich Mitglieder eines in Wien stationierten italienischen Opernensembles) *sangen. Ein Violinist von München, und dann noch ein Flötist. Alles accompagnirt von Herrn Randhartinger* (Benedict Randhartinger, Vizehofkapellmeister).

Bei dem ›*neuen, großen Saal, wo Feste gegeben werden sollen*‹, handelte es sich um das Odeon, ein vornehmes Unterhaltungslokal, das sich in Wien im heutigen 2. Bezirk befand und das am 8. Januar 1845 – also zwei Wochen später – der Öffentlichkeit übergeben wurde. Es bot zehntausend Menschen Platz. Allerdings war ihm kein langes Leben beschieden, denn es fiel schon dreieinhalb Jahre später – im Zuge der Oktoberunruhen des Jahres 1848 – einem Brand zum Opfer.
Infolge der Weihnachtsfeiertage fielen die Eintragungen der folgenden Tage nur sehr kurz aus, weshalb man nichts über die Art, wie sie begangen wurden, erfährt: ›*Dienstag, 24. Heute ist Weihnachtsabend. Ich bekam eine Menge schöner Sachen. Die Mama blieb natürlich zu Hause. Und las uns vom Weihnachtsabend vor ... Mittwoch, 25. Heute ist Weihnachtstag. Wir speisten beim Kaiser ...*‹

Freitag
27. Heute war Concert bei der Mama, wo Hasselt=Barth, Breton (?), *und* (unleserlich) *sangen. Ein Violonist spielte, und alles wurde von Randhartinger accompagnirt.*

Erzherzog Franz Carl und Erzherzogin Sophie waren beide Liebhaber des Sprech- und Musiktheaters und veranstalteten oftmals private Lesungen oder Hauskonzerte. Beide haben die verschiedensten Institutionen mit ihrem Privatvermögen gefördert. So ist bekannt, daß das Ischler Theater beinahe ausschließlich von Erzherzog Franz Carl unterhalten wurde, während Erzherzogin Sophie gerne junge, unbekannte oder in finanzielle Not geratene Schauspieler und Sänger unterstützte.

An den nächsten Tagen beschreiben zwei- bis dreizeilige Eintragungen den häuslichen Alltag, der von Theater-, Zirkus- oder Weihnachtsbesuchen geprägt war. Das Jahresende 1844 wurde beschaulich im kleinen Familienkreis begangen, zu Neujahr fanden Visiten und Gegenvisiten statt.

Ab 2. Januar 1845 trat wieder der Arbeitsalltag in seine Rechte.

Sonntag

5. Heute speisten wir beim Kaiser, und Abends kamen die Cameraden. Die Mama ist nicht ganz wohl. Sie hat sich verkühlt. Wir sind Abends zu ihr gegangen.

Montag

6. Heute ist Dreikönig. Die Mama ist im Bett, aber es ist nicht von Bedeutung. Wir gingen mit dem Onkel Ludwig wieder zum englischen Reiter (meist heißt es: ›*zu den englischen Reitern*‹, die vermutlich Artisten waren und in einem Zirkus im Pratergelände auftraten; man hatte ihre Vorstellung zuletzt am 28. Dezember besucht). *Als wir* (zurück) *kamen, war die Mama auf der Chaise longue, und wir aßen Kuchen, wo in einem von den Stücken die Bohne war, in dem von der Mama war die Bohne.*

Daß der Krankheitszustand der ›*Mama nicht von Bedeutung war*‹ mag eine ärztliche Feststellung gewesen sein. Daß es ihr tatsächlich besser ging, bestätigt die Bemerkung, daß Erzherzogin Sophie abends schon auf der ›*Chaise longue*‹ saß. Dieses Sitzmöbel wurde seit seiner Einführung im 18. Jahrhundert vor allem von Rekonvaleszenten als elegantes Ruhebett benutzt.
Die Geschichte von der einen in den Kuchen eingebackenen Bohne bezieht sich offensichtlich auf einen Dreikönigsbrauch. Wer sie fand – so meinte der Volksmund –, war im folgenden Jahr vom Glück begünstigt.

Dienstag
7. Heute Abends kam zu uns die Großmama mit zwei Damen, dann die Mama mit dem kleinen Ludwig und der Marie Vécsey, um einen Zwerg zu sehen, der dem Grafen Coronini bis zur Hüfte geht, und 32 Jahre alt ist. Heute Abends kam der Onkel Carl (Erzherzog Carl) *und die Marie* (seine Tochter) *zur Mama.*

Zu den heute kaum nachvollziehbaren Absonderlichkeiten vergangener Jahrhunderte zählte das Zur-Schau-Stellen mißgebildeter Menschen. Da die meisten von ihnen keinen Beruf ausüben konnten, verließen sie oft im jugendlichen Alter ihre Familien (meist auch deshalb, um ihren Angehörigen den Spott der Mitmenschen zu ersparen) und schlossen sich Wanderzirkussen an. Sie wurden auf Jahrmärkten ausgestellt und vermochten damit immerhin, ihren Lebensunterhalt zu bestreiten. Kaiserin Elisabeth, die spätere Schwägerin Erzherzog Carl Ludwigs, interessierte sich besonders für verwachsene Menschen. Sie empfing im Laufe ihres Lebens etliche Riesen, Zwerge, Affenmenschen (wie man stark Behaarte damals nannte), siamesische Zwillinge und – aus Aberglauben – eine Menge buckliger Menschen: Den Höcker eines Buckligen anzufassen, sollte nach Volksmeinung Glück bringen.

Mittwoch
8. Heute blieb die Mama den ganzen Tag im Bett (sie scheint also doch noch nicht gesund geworden zu sein), *auf die Chaise longue ging sie Abends. Wir gingen zu ihr.*

Donnerstag
9. Heute war Hofball. Wir sahen mit dem kleinen Ludwig auf der Gallerie zu. Die Mama ging nicht auf den Hofball. Die Marie (Gräfin Vécsey?) *kam Abends zu der Mama.*

Das Zusehen von der Galerie – also von der Balustrade eines oberen Stockwerks – war ein beliebter

Spaß der jungen Erzherzoge. Solange sie noch nicht alt genug waren, um selbst an Bällen oder Empfängen teilzunehmen, durften sie die Veranstaltungen zumindest von dort aus mitverfolgen.
Die folgenden Tage verliefen wegen der andauernden Krankheit Erzherzogin Sophies ruhig und – mit Ausnahme einiger Abendbesuche – auch wenig abwechslungsreich.

Montag
13. Heute gab die Großmama einen Kinderball. Ich tanzte Alles. Es war recht hübsch, es war im Reichskanzleisaal (im gleichnamigen Trakt der Hofburg, mit der Front in Richtung Südwesten zum inneren Burgplatz, einer der noch von Joseph Emanuel Fischer von Erlach geplanten Gebäudeteile).

Mit der Großmutter ist Kaiserin Caroline Auguste gemeint, die ihren Enkeln zuliebe zahlreiche Kinderbälle gab. Erzherzog Carl Ludwig, der solche Veranstaltungen liebte, ›*tanzte Alles*‹. Im Unterschied zu späteren Zeiten war die Zahl der Tänzer und Tänzerinnen genau festgelegt: Es mußte wegen der damals noch üblichen Contretänze (in gestellten Formationen) Gleichgewicht zwischen männlichen und weiblichen Tänzern herrschen.

Dienstag
14. Heute blieben wir Abends allein (ohne Erzieher

und Gefolgsleute) *bei der Mama. Wegen etwas Husten ging ich nicht auf die Rtsch.* (Reitschule).

An den folgenden Tagen überwog das Alltagsprogramm: Unterrichtsstunden wechselten mit Familienzusammenkünften ab, nur die Zahl der von der Grippe Betroffenen wechselte ständig. Erzherzog Carl Ludwig, der sich auch leicht angesteckt hatte, durfte deshalb bis 18. Januar weder an den Reit- noch an den Fechtstunden teilnehmen.

Montag
20. Heute gab die Fürstin Metternich einen sehr schönen Kinderball, wo wir auch hinkamen. Der Tanzsaal ist sehr schön, es war Alles recht hübsch, es war sogar hübscher, als der Kinderball bei Hof. Der Enkel vom (schwer leserlich, vermutlich: Mahmud Ali) *nähmlich der Ismael Bei tanzte auch. Er tanzte den zweiten Walzer mit der Mélanie Metternich, den 3ten Walzer mit der Romana und den Galop mit der jungen Salis. Ich fand dort einen, mit dem ich Bekanntschaft gemacht habe, nähmlich den Gyulá Széchényi. Es war ein sehr gutes Souper, während einer Française und einem Walzer. Es war gar kein Büfet, sondern es war Thee für die Damen.*

Diese Eintragung überrascht durch ungewöhnliche Bemerkungen. Zum ersten dadurch, daß etwas schöner war als zu Hause: nämlich der Kinderball bei der

Fürstin Metternich. Denn Erzherzog Carl Ludwig war von Kindheit an auf seine eigene Familie fixiert, weshalb er Veranstaltungen eigentlich nur in diesem Kreis genoß und ›*hübsch*‹ fand.
Fürstin Metternich war die dritte Ehefrau des Staatskanzlers Clemens Lothar Wenzel Metternich, eine geborene Gräfin Zichy-Ferraris, die großen gesellschaftlichen Ehrgeiz besaß. Da das Vermögen ihres Ehemannes enorm war, konnte sie die Wiener Gesellschaft und die sehr sparsam lebende kaiserliche Familie mit ihren aufwendigen Festen verblüffen.
Daß Erzherzog Carl Ludwig als erstes den tanzenden Ismael Bei hervorhob, mag daran liegen, daß er wußte, daß er als Mohammedaner strengen Glaubensvorschriften unterlag. Der Name von Ismaels Großvater ist im Tagebuch nur phonetisch angedeutet und schwer leserlich. Es scheint sich dabei um den türkischen Sultan Mahmud II. (1784–1839) aus dem Geschlecht der Osmanen zu handeln, der von 1808 bis 1839 regiert hatte. Das Ismael nachgestellte Bei kann ein eigener Titel sein, oder es deutet an, daß er ein zweitgeborener Sohn war. Seine drei Tanzpartnerinnen waren eine Tochter des Fürsten Metternich, eine nicht zu identifizierende Romana und eine (aus vielen weiblichen Familienmitgliedern nicht zu bestimmende) Gräfin Salis.
Der Bemerkung, daß Erzherzog Carl Ludwig auf dem Fest ›*einen fand, mit dem er Bekanntschaft machte*‹, ist besondere Aufmerksamkeit zu schenken. Wie

schon früher erwähnt, war seine Gesellschaft beinahe ausschließlich auf die Familie beschränkt. Spielkameraden waren in erster Linie seine Brüder, hinzu kamen die nächsten Vettern und die mit ihm gemeinsam studierenden Alterskollegen, Grafen Bombelles und Falkenhayn. Daß er auf dem Fest bei Metternich seinen Bekanntenkreis erweiterte, war für den introvertierten und scheuen Elfjährigen schon ein ungewöhnliches Abenteuer. Der 1829 geborene Gyulá Széchényi entstammte einem ungarischen Grafengeschlecht und war durch seine Mutter, eine geborene Gräfin Zichy-Ferraris, ein direkter Neffe der Fürstin Metternich. Da er als spätgeborener Sohn einer jüngeren Linie der Familie der Grafen Széchényi angehörte und als Erbe keine großen Güter zu erwarten hatte, schlug er wie viele seiner Schicksalsgenossen die militärische Laufbahn ein und wurde später Adjutant Kaiser Franz Josephs.

Für Erzherzog Carl Ludwig, der vom gesellschaftlichen Hintergrund des jungen Mannes nichts wußte, begann an diesem Tag eine innig empfundene Freundschaft zu dem vier Jahre Älteren, die er aber auch in Zukunft ausschließlich dem Tagebuch anvertrauen sollte. Vermutlich erfuhr auch Gyulá Széchényi niemals davon, der als Fünfzehnjähriger andere Interessen hatte und die Schwärmerei des Elfjährigen wohl kaum bemerkte. Für Carl Ludwig hatte die Begegnung sehr viel bedeutet, und die Geschichte dieser heimlichen und einseitigen Freundschaft (an den betreffenden Stellen wird darauf verwiesen werden) zieht sich wie ein roter Faden durch das Tagebuch. Dienstag, 21. Januar, bis Sonntag, 26. Januar, herrschten – nur knapp angedeutete – Familienzusammenkünfte vor.

Montag
27. Heute ist der Geburtstag der Mama. Wir speisten beim Kaiser. Abends englischer Reiter. Die Mama blieb zu Hause. Wir übergaben der Großmama eine Bittschrift, wo wir bathen, daß noch ein Kinderball sei.

Angeregt durch den Kinderball bei Fürstin Metternich, wurde Kaiserin Caroline Auguste von ihren Enkeln bestürmt, noch einen Faschingsball zu arrangieren, der schon fünf Tage später stattfand. Die Tage bis dahin wurden mit abendlichen Gesellschaften im Kreis der Familie und mit Gefolgsleuten zugebracht.

1845. Februar.

Samstag
1. Heute Abends gab die Großmama wieder einen Kinderball. Der Ismael Bei tanzte Walzer, Quadrillen, Galop, Polka und Cotillon. Es war sehr hübsch. Ich fand wieder meinen Freund Gyulá, den ich vielleicht für lange Zeit zum letzten Mahle gesehen habe, denn er geht vermuthlich auf das Landgut seines Vaters in

Ungarn und das heißt Apáti (sic). *Der Gyulá ist ein sehr artiger, freundlicher, lustiger und angenehmer Knabe. Ich schenkte ihm als Andenken ein Engagirbüchel (wo man hineinschreibt, mit welcher Dame man engagirt ist). Ich hoffe, daß er mich nicht vergessen wird.*

In Anlehnung an den Kinderball bei Fürstin Metternich scheinen in die Hofburg dieselben Gäste eingeladen worden zu sein. In der Eintragung finden sich abermals der tanzende Ismael Bei, Enkel Sultan Mahmuds II., und der neue ›*Freund*‹ Erzherzog Carl Ludwigs: Graf Gyulá Széchényi. Zur großen Enttäuschung des Tagebuchschreibers mußte er Wien schon bald in Richtung Ungarn verlassen, wo sich das Familiengut ›*Horpát*‹ (›*Apáti*‹) befand. Es gehörte aber nicht seinem Vater, Grafen Paul Széchényi, sondern dessen ältestem Bruder Ludwig, der Obersthofmeister bei Erzherzogin Sophie war. Wie sehr Carl Ludwig daran gelegen war, Gyulá Széchényi in Erinnerung zu bleiben, läßt sich an dem kleinen Geschenk, dem übergebenen Engagierbuch (darin war die Reihenfolge der Tänze und der Damen, mit denen man sie tanzte, eingetragen), erkennen. Er selbst sammelte bis ins Erwachsenenalter unzählige Andenken an alle ihm wichtig erscheinenden Ereignisse. Insgeheim hoffte er, daß auch Gyulá das tat, da er befürchtete, sonst von ihm vergessen zu werden.

Sonntag
2. Heute schliefen wir bis 9 Uhr, weil wir um 3/4 auf 12 Uhr nach Hause gekommen sind. Wir speisten beim Kaiser. Abends kamen die Cameraden, aber wir exercirten nicht, weil der letzte Faschingssonntag ist. Abends ging die Mama in das Josefstädtertheater, und wir blieben Abends mit dem Baron zu Hause.

Montag
3. Heute speisten wir beim Kaiser, und Nachmittag gingen wir zum englischen Reiter. Abends kamen die Carlischen (die Familie Erzherzog Carls) *zu der Mama.*

Dienstag
4. Heute war der letzte Faschingstag. Abends war(en) *wir bei der Toilette des kleinen Ludwig* (dem Umziehen vor dem Zubettgehen). *Als der kleine Ludwig im Bette war, kam auf einmahl der Maxi. Und wie kam er? und wie kam er? mascirt als Dame, das ganze richtete die Sophie* (Frappart, Kammermädchen Erzherzogin Sophies), *er hatte ein kleines Hütchen, welches die Sophie den tollen Tag in der Früh kaufte: denn in der Früh nach dem Frühstücke bestellte er Alles bei ihr, dann hatte er eine Perücke, die die Leopoldine Nischer* (damals noch nicht in Hofdiensten, später Kammerfrau einer Tochter Kaiser Franz Josephs) *gemacht hat, dann hatte er auf dem Hals einen Rococopatzen von der Mama, das Kleid war von der Sophie, weiß mit*

blauen Tupfen, das Mieder, was die Mama einmahl trug, war von Silber, dann hatte er ein blaues durchsichtiges Oberkleid, es war auch hübsch. Er ging mit der Hosp (Anna Hosp, Kammerfrau seiner Mutter) *zum Onkel Ludwig, zur Amie, zur Gräfin Schönborn, zur Marie Stadion, zur Amade, die er* (letztere) *nicht zu Hause fand. Dann kam er wieder zur Mama,* (*trank eine Tasse Thee* – durchgestrichen), *der Onkel Ludwig war bei der Mama. In die Kammer von der Mama kam die Hildegarde, die Marie, der Albert, die sich dort mascirten, und dann durch den ganzen Salon gingen,* (*und dann* – gestrichen) *durch das Toilettezimmer in den Salon, die Hildegarde und die Mama und der Albert waren als Domino mascirt, dann gingen wir zu der Großmama, der Onkel Ludwig steckte sich in die Maske des Albert.*

Eines der besten Zeugnisse vom fröhlichen Alltag innerhalb der kaiserlichen Familie bietet diese Eintragung. Anläßlich des letzten Faschings(Karnevals)tages durfte Erzherzog Ferdinand Maximilian, der zweitälteste Bruder Carl Ludwigs, an diesem Abend eine Maskerade aufführen. Er liebte es, kleine Darstellungen seines schauspielerischen Könnens zu geben. Um ihm eine Freude zu bereiten, erlaubte man ihm, allen anwesenden Verwandten und Gefolgsleuten die Maske vorzuführen. Bezeichnend an der Szene ist auch das Verhalten des scheueren Carl Ludwig, der daran ausschließlich als Zuschauer Gefallen fand. Daß ihn aber der Auftritt des Bruders amüsierte, bestätigt die doppelt eingesetzte Frage: »Und wie kam er?«. Damit setzte er einen bewußten dramaturgischen Akzent, der das Ereignis im Tagebuch von den anderen hervorheben sollte.

Der Abend scheint in einem Familienfest geendet zu haben, das Erzherzog Carl Ludwig nur noch bruchstückhaft wiedergibt. Unter den Gästen befanden sich Mitglieder der Familie Erzherzog Carls, der Sohn Albert mit seiner Frau Hildegarde und die Tochter Marie. In Dominos gehüllt veranstaltete man einen Zug durch die Hofburg, der im Übermut darin gipfelte, daß Carl Ludwigs Großonkel, Erzherzog Ludwig, mit seinem Neffen Albert sogar die Kostüme tauschte.

Fasten
Mittwoch
5. Heute ließen wir uns einäschern. Die Mama blieb Abends zu Hause.

›*Einäschern*‹ bezieht sich auf einen katholischen Brauch des Aschermittwoch. Während eines Gottesdienstes empfängt man ein aus Asche gezogenes Kreuz auf die Stirn. Mit dem Aschermittwoch endet der Fasching/Karneval, der von der bis in die Osterwoche dauernden Fastenzeit abgelöst wird.

Am Sonntag, dem 16. Februar, ›*spielten die Brüder Comedie* (eine Komödie)‹ – ein neuerlicher Hinweis auf die Spielfreudigkeit Erzherzog Ferdinand Maximilians, der an diesem Tag von seinem ältesten Bruder, dem späteren Kaiser Franz Joseph, unterstützt wurde. Neue Unterhaltung brachten Mittwoch und Donnerstag, 19. und 20. Februar, an dem man eine Benefizvorstellung der ›*englischen Reiter*‹ besuchte und an einem von Erzherzogin Sophie veranstalteten Konzert in der Hofburg teilnahm.

Mittwoch
26. Abends waren Automaten, die sehr garstig waren. Es kamen alle unsere Cameraden und noch mehrere andere Buben (*Knaben* – darübergeschrieben).

Unter ›*Automaten*‹ verstand man seit etwa dem 18. Jahrhundert Maschinen, die irgendwelche Aufgaben selbsttätig lösten. Die Besitzer reisten damit durch das Land und führten sie öffentlich vor. Es gab aber auch Schwindler, die in den aufwendig gebauten Apparaturen Menschen versteckten, die die Arbeiten und Bewegungen im Inneren ausführten und den Automaten nur vortäuschten. Einer der berühmtesten war ein Schreibautomat, der von einem verborgenen Menschen gesteuert wurde. Was die Automaten, die in der Hofburg vorgeführt wurden, konnten und warum sie ›*garstig waren*‹, ist leider nicht feststellbar.

Donnerstag
27. Abends waren wir mit Papa und Mama im »deutschen Krieger« (vermutlich in einem Theaterstück).

Freitag
28. Abends kamen die Carlischen zu der Mama.

Daß die Besucher immer ›*zu der Mama*‹ kamen, liegt an einer Gepflogenheit des 19. Jahrhunderts: Salons, Cercles und alle Arten von privaten Empfängen wurden von den Damen des Hauses veranstaltet und präsidiert.

März

Samstag
1. Heute gingen wir in das Requiem für den Großpapa. Und Abends blieb Mama und Papa zu Hause. Und der Onkel Ludwig k.(am) *auch.*

Mit dem Großpapa ist der 1835 verstorbene Kaiser Franz II./I. gemeint, für den alljährlich ein Requiem gehalten wurde. Sein Todestag war eigentlich der 2. März, der 1845 auf einen Sonntag fiel, weshalb man es – vermutlich wegen des sonntäglichen ›*Fest*‹gottesdienstes um einen Tag vorverlegte (Trauergottesdienste und Kirchenfeiern sollten nicht zum selben Termin stattfinden).
Sonntag, 2. März, bis Mittwoch, 5. März, dominierten Alltag und Familienleben.

Donnerstag
6. Im Rittersaal (im ältesten Gebäudeteil der Hofburg, dem aus dem 13. Jahrhundert stammenden

Schweizer Trakt) *war heute ein sehr schönes Hofconcert. Wir haben auch von der Gallerie aus zugeschaut.*

Freitag
7. Abends kamen die Carlischen mit Ausnahme des Onkel Carl zu der Mama. Heute hat die Mama von der Großmama die Nachricht bekommen, daß der Onkel Carl von Baiern krank ist.

Mit der Nachricht überbringenden Großmama kann entweder Kaiserin Caroline Auguste oder ihre Stiefmutter und Erzherzogin Sophies Mutter, Königin Caroline von Bayern, gemeint sein. Da es sich bei ›*Onkel Carl*‹ sowohl um einen Bruder Kaiserin Caroline Augustes als auch um einen Halbbruder Erzherzogin Sophies handelte, werden sich vermutlich beide um seinem Gesundheitszustand gesorgt haben. Wie schwer und welcher Art die Erkrankung war, ist nicht überliefert; Prinz Carl von Bayern hat sich auf jeden Fall davon erholt, da er erst dreißig Jahre später – im Alter von achtzig Jahren – starb.

Samstag
8. Heute Abends blieb die Mama zu Hause. Sie las uns aus »Moritz von Sachsen« vor.

Eine beliebte Beschäftigung der Menschen des vorigen Jahrhunderts war die gemeinsame abendliche Lektüre. Kindern las man aus historischen Büchern oder aus fremdsprachigen Abenteuerromanen vor, um sie für Geschichte und Sprachen zu interessieren. Oftmals lasen aber auch Erwachsene für andere Erwachsene – Schauspieler oder Mitglieder einer Abendgesellschaft – aus neu erschienenen Büchern, die man anschließend besprach. Beliebt war auch das Lesen eines Bühnenstücks in verteilten Rollen. Anläßlich von Geburtstagen wurden gerne Stücke vor geladenem Publikum aufgeführt. Am kaiserlichen Hof in Wien waren meist nur Kinder und Jugendliche schauspielerisch tätig, im allgemeinen bevorzugte man Vorträge von professionellen Schauspielern, Sängern und Musikern. Das Laienschauspielern war aber ein beliebter Zeitvertreib im 19. Jahrhundert und wurde in aristokratischen und großbürgerlichen Zirkeln ebenso betrieben wie an Fürstenhöfen.

An den nächsten Tagen gab es ausschließlich Bemerkungen über abendliche Zusammenkünfte entweder mit den Eltern allein oder mit Familie und Gefolgsleuten. Ein Ausflug mit Erzherzogin Sophie führte die Kinder zu den beliebten *›englischen Reitern‹*.

Mit Sonntag (Palmsonntag), 16. März, begann die Osterwoche, die für die kaiserliche Familie eine Zeit der Besinnung und der Gebete darstellte. Man besuchte bis einschließlich Ostermontag täglich zumindest einmal die Messe – die kirchlichen Feiern erreichten mit der Andacht des Gründonnerstag einen ersten Höhepunkt.

Gründonnerstag
20. Heute Mittag waren wir im Amt (in der Messe), *welches der Schottenprälat* (der Vorsteher des Schottenstiftes in Wien) *hielt. Nachdem war die Fußwaschung im Rittersaale, sie hat aber abgenommen an Schönheit, weil die Kaiserin* (aus Krankheitsgründen) *nicht dabei war und mithin auch die anderen Frauen* (darüber korrigiert: *Damen*) *nicht dabei waren. Abends waren wir wieder in der Pumpermette* (einem Gottesdienst). *Die Mama und der Papa blieben Abends zu Hause.*

Die Fußwaschungszeremonie in der Hofburg zählte zu den katholischen Bräuchen, die der Kaiser und – üblicherweise auch die Kaiserin – am Gründonnerstag an den Ältesten Wiens vollzogen. Alljährlich wurden zwölf würdige Greise und Greisinnen ausgewählt, denen das Herrscherpaar nach biblischem Vorbild symbolisch die Füße wusch. Die vierundzwanzig alten Menschen stellten in der Zeremonie die Apostel dar, wofür sie in altdeutsche Trachten gekleidet wurden (die Kleider durften sie zur Erinnerung an den Tag auch behalten).
Wenn sie am Morgen des Gründonnerstag die Hofburg erreichten, legten sie zunächst die Beichte ab und bekamen daraufhin ein festliches Frühstück. Später folgte ein Schauessen in einem repräsentativen Saal der Burg, das Kaiser, Kaiserin und Erzherzoge servierten. Danach gab es die eigentliche Fußwaschung

in der Hofburgkapelle. Die Greise und Greisinnen erhielten dabei auch einen »mit dreißig Silberlingen« (dreißig Silberkronen) gefüllten Beutel umgehängt. Nach der Zeremonie wurden die Teilnehmer mit Zuckerwerk, einem Korb voll Lebensmitteln und Wein beschenkt und gemeinsam mit ihren Familien in Hofkutschen nach Hause gefahren.

Wenn die Kaiserin (hier: Maria Anna, die Ehefrau Kaiser Ferdinands I.) – wie in diesem Jahr wegen einer Krankheit – die Zeremonie versäumte, fand die Fußwaschung nur an den zwölf Männern statt, die zwölf Frauen durften aber an der Messe teilnehmen und erhielten die üblichen Geschenke. In Zeiten Kaiser Franz Josephs kamen die Greisinnen nur ganz selten in den Genuß der Fußwaschung, da sich Kaiserin Elisabeth dieser Pflicht beinahe ständig durch Reisen entzog.

Charfreitag (In der katholischen Kirche: Tag der Verehrung des Heiligen Kreuzes und Gedenken des Todes Christi. Der Karfreitag beendet die seit Aschermittwoch bestehende vierzigtätige Fastenzeit. An diesem Tag wird als einzigem während des Kirchenjahres keine Messe, sondern nur ein liturgischer Gottesdienst gehalten.)

21. In der Früh gingen wir in das Hochamt und in die Josephicapelle, um das Hochwürdigste (das Kreuz Christi) *in das* (symbolische) *Heilige Grab tragen zu sehen. Abends gingen wir in die Pumpermette. Die*

Mama und der Papa sind Abends zu Hause geblieben.

Für Katholiken bilden Aschermittwoch und Karfreitag die am strengsten begangenen Tage des Kirchenjahres. Am Karfreitag gedenkt man der Kreuzigung Christi. Gläubige nehmen an diesem Tag kaum eine Mahlzeit zu sich (vor allem kein Fleisch) und besuchen den liturgischen Gottesdienst. An diesem Tag werden keine Glocken geläutet, und das Meßopfer findet ohne Gesang und Musik statt. Daß Erzherzog Carl Ludwig am Karfreitag ein Hochamt (eine feierliche, oft mehrere Stunden dauernde Messe) besuchte, ist unwahrscheinlich und dürfte auf einem Fehler des elfeinhalbjährigen Tagebuchschreibers beruhen.

Charsamstag
22. In der Früh gingen wir in das Hochamt. Abends war die Auferstehung (Fest der Auferstehung Christi) *nicht auf dem Burgplatze, sondern im Gang* (vermutlich in einem Arkadengang der Hofburg), *weil es zu kalt war. Wir gingen in die Kirche, um dem kaiserlichen Tedeum* (Hochamt) *beizuwohnen, welches nach der Procession war. Abends blieben Papa und Mama mit uns allein zu Hause.*

Ostersonntag
23. Abends kam der berühmte Taschenspieler Bosco, wo alle unsere Cameraden und noch außerdem die

Kinsky, der Paul Merveldt, und die Wurmbrand dazu kamen. Es war beim Papa und bei der Mama. Dann hatten wir auch noch ein Gouter (Essen). *Nach demselben gingen wir zur Mama, wo die Carlischen waren.*

Anläßlich des hohen Festtages und zur Unterhaltung der Kinder wurde ein ›*Taschenspieler*‹ in die Hofburg geladen. Er hieß Bartolommeo Bosco (1793–1863) und stammte aus Italien. An der Vorstellung durften die ›*Cameraden*‹ (die Brüder Grafen Bombelles und Falkenhayn) sowie einige andere Alterskollegen als Zuschauer teilnehmen. Schwer zu bestimmen sind die jungen ›*Kinsky*‹, da es zwei verschiedene Linien – eine fürstliche und eine gräfliche – gibt und die Mitglieder ohne Vornamen nicht zuzuordnen sind.
Paul Merveldt ist der damals siebenjährige Sohn Graf Maximilian Merveldts, k.k. Kämmerers und Adjutanten Erzherzog Franz Carls. Paul sollte als Erwachsener einer der besten Freunde des jüngsten Bruders von Erzherzog Carl Ludwig, Ludwig Victor, werden.
Ähnlich wie bei den Kinsky lassen sich auch die jungen Mitglieder der Familie der Grafen Wurmbrand nicht bestimmen, die damals aus mehreren Linien bestand und über eine reiche Kinderschar verfügte.
Von Ostermontag, 24. März, bis Samstag, 29. März, finden sich nur ein- bis zweizeilige Bemerkungen über Zusammentreffen mit den Eltern, den Erziehern oder Verwandten.

Sonntag
30. Heute speisten wir beim Kaiser. Nach dem Essen kam (*der*) *Wilhelm zu uns.* (*Der*) *Albert* (wie Wilhelm ein Sohn Erzherzog Carls) *ist unwohl. Nach dem Segen* (nachmittäglicher katholischer Kirchendienst ohne Messe) *wurde statt des Exercirens ein Stück gespielt, worin wir drei* (Erzherzog Carl Ludwig und seine Brüder Franz Joseph und Ferdinand Maximilian), *der Marko, der Charli* (beide Grafen Bombelles), *der Franzerl* (Graf Falkenhayn), *der Maxi Gorizzutti* (ein Sohn des Erziehers Baron Gorizzutti) *und der Eduard* (Graf) *Stadion* (ein Altersgenosse Erzherzog Carl Ludwigs) *spielten. Die Mama ging Abends in das Theater. Der Graf Coronini las uns vor.*

Anstelle des sonntäglichen Exerzierens mit den Lern- und Spielkameraden führte die Jugend ein Theaterstück auf. Da einige Tage später von Proben zu einem Stück anläßlich des Namenstags von Erzherzogin Sophie die Rede ist, wird es sich weniger um eine Aufführung als um eine erste (Stell)Probe gehandelt haben.
Die Eintragungen der folgenden Tage bringen wenig Neues: abendliches Zusammensein mit den Eltern, Verwandten oder Erziehern und eine knappe Bemerkung zum 1. April, an dem die jungen Erzherzoge von verschiedenen Leuten ›*in den April geschickt wurden*‹.
Ab Dienstag, dem 8. April, werden einige Krankhei-

ten vermerkt (›*In der Früh wurde der Herr Baron /=Gorizzutti/ etwas unwohl*‹), einen Tag später erkrankte Erzherzog Carl Ludwig an einer leichten Grippe mit Husten und verbrachte deswegen zwei Tage im Bett. Seine Brüder durften ihn aber besuchen, mit denen es etliche Unterhaltung gab. Am Freitag, dem 11. April, verließ er das Krankenlager.

Samstag
12. Abends hatten wir Turnen. Franzerl (Graf Falkenhayn) *blieb nach dem Turnen bei uns und zeigte uns eine kleine Festung, die für seine Bleisoldaten ist. Die Mama ließ uns noch um 1/4 10 Uhr kommen.*

Sonntag
13. Heute speiste der Kronprinz von Württemberg beim Kaiser. Er ist vor einigen Tagen hier angekommen. Abends gingen die Brüder zu den englischen Reitern, ich aber nicht, weil ich noch ein wenig hustete. Abends blieb die Mama zu Hause.

Der Kronprinz von Württemberg war der Sohn König Wilhelms I., mit dem Kaiserin Caroline Auguste, die Großmutter Erzherzog Carl Ludwigs, in erster Ehe verheiratet gewesen war. Diese für beide Partner unglückliche, kinderlos gebliebene Verbindung war nach sechs Jahren für ungültig erklärt worden.
Montag, 14. April, bis Sonntag, 20. April, verliefen im

Familienkreis. Am Dienstag, 15. April, wurde allerdings ein seltener Gast verzeichnet: Der morganatisch verheiratete, in der Steiermark lebende Erzherzog Johann (ein Bruder des verstorbenen Kaisers Franz II./I. und Großonkel Carl Ludwigs) schloß sich der Abendgesellschaft an. Am Donnerstag, dem 17. April, wurde dem Kronprinzen von Württemberg zu Ehren ein Kammerball (ein intimer Ball mit einer geringen Anzahl von Gästen) gegeben, an dem die meisten in Wien weilenden Familienmitglieder teilnahmen.

Montag
21. Heute Abends hielten wir unsere erste Probe des französischen Stückes »le siège de Colchestre« (»Die Belagerung von Colchester«), *welches Stück eine Überraschung für den Namenstag der Mama ist* (›*Sophie*‹ wird am 15. Mai gefeiert).

Vermutlich fanden bis zum 15. Mai täglich Proben des französischen Theaterstücks statt, die von Erzherzog Carl Ludwig – weil sie Gewohnheit geworden waren – nicht mehr erwähnt wurden.

Donnerstag
24. Heute ist ein sehr großes Gewitter, es hat zweimal eingeschlagen. In der Alservorstadt war eine (kleine – durchgestrichen) *Überschwemmung, man sagt, daß einige Leute ertrunken sind. Abends kamen zur*

Mama die Tante Amélie, der Prinz Wasa und die Gräfin Dietrichstein.

Am Freitag, dem 25. April, trat die neue Frühjahrstagesordnung in Kraft, die für die jungen Erzherzoge eine Lehrplanordnung nach sich zog und auf eine baldige Übersiedlung nach Schönbrunn hoffen ließ.

Samstag
26. Wir sahen mit der Mama zwei sehr schöne Menagerien (Tierschauen) *im Prater an.*

Sonntag
27. Abends war beim Kaiser der Taschenspieler Bosco; bevor er seine Künste machte, war ein Gouter (Essen). *Es waren viele Leute eingeladen.*

Über den Taschenspieler Bosco wurde schon anläßlich der Eintragung vom Ostersonntag, 23. März, berichtet, an dem er für die Jugend eine Vorstellung gegeben hatte. Die jungen Erzherzoge sollten wenige Monate später – während einer Bildungsreise durch Oberitalien – noch einmal auf ihn treffen.
Die letzten drei Apriltage des Jahres 1845 verliefen – bis auf den Besuch einer nicht näher bezeichneten Bilderausstellung – ohne besonders vermerkte Ereignisse.

Mai.

Donnerstag

1. Heute speiste die ganze hier anwesende, kaiserliche Familie, der Kronprinz von Württemberg, die Tante Amélie und der Prinz Wasa im Haus im Pratergarten beim Papa. Es waren viele Wägen, Fußgänger und Reiter. Wir kamen um 8 Uhr nach Hause. Mama und Papa gingen noch in das Theater. Im Pratergarten war auch Musik.

Wie ein Jahr zuvor nahm die kaiserliche Familie auch an diesem 1. Maitag an der traditionellen Praterausfahrt teil. Ehrengast war diesmal der Kronprinz von Württemberg.

Freitag

2. Heute (*Abends* – durchgestrichen) *beichteten wir und Abends blieben wir en famille. Die Mama las den Brüdern* (Franz Joseph und Ferdinand Maximilian) *aus einem Gebethbuch heilige Betrachtungen vor, um sie zur Communion* (katholisch: Einnahme der Hostie als Symbol für den Leib Christi zur Erinnerung an das Letzte Abendmahl) *vorzubereiten.*

Erzherzog Ferdinand Maximilian feierte am nächsten Tag seine Erstkommunion, worauf er sicherlich schon längere Zeit vorbereitet wurde. Die Erstkommunion – also die erste Einnahme der Heiligen Hostie – zählt zu den sieben Sakramenten. Das erste Kommunizieren wird meist im kleinen Familienkreis feierlich begangen.

Samstag
3. Heute verrichtete der Maxi seine erste Communion mit Papa, Mama und dem Franzi (Erzherzog Franz Joseph, der mitkommunizierte, seine Erstkommunion aber sicherlich schon früher begangen hatte).

Am Sonntag, 4. Mai, besuchte Erzherzogin Sophie gemeinsam mit ihren Kindern eine Zirkusvorstellung im Prater. Dieser Eintragung folgen einige nicht ganz verständliche Texte, die offensichtlich später nachgetragen wurden. Zuletzt hat Erzherzog Carl Ludwig den größten Teil wieder gestrichen und einige Korrekturen und Ergänzungen hinzugefügt. Zwischen 5. und 10. Mai fanden für die Erzherzoge Franz Joseph, Ferdinand Maximilian und Carl Ludwig strenge schriftliche und mündliche Prüfungen statt. Pfingstmontag, 12. Mai, wurde ihr Ende mit einem Diner im Beisein aller Lehrer feierlich begangen. Während der Prüfungszeit waren auch die Proben an dem französischen Theaterstück weitergelaufen, die Generalprobe wurde am Mittwoch, dem 14. Mai, verzeichnet. Vermutlich hatte man – um die jungen Schauspieler anzuspornen – Publikum dazu geladen.

Donnerstag
15. Heute ist der Namenstag der Mama. Nach dem Frühstück ritt Franzi auf das Glacis, wo die Division seines Regimentes aufgestellt war. Wir zwei, Maxi und ich, wir fuhren mit der Mama hin. Er führte seine Division dann dem Kaiser vor. Es war Familiendiner beim Kaiser. Abends wurde die französische Komödie aufgeführt zu Ehren der Mama. Die kaiserliche Familie, die Aeltern (= Eltern) *und die Geschwister der Cameraden waren dabei.*

Zur Erinnerung an die Theateraufführung hielt Erzherzog Carl Ludwig die Besetzung des Stückes im Anschluß an die Eintragung fest:

Le siège de Colchestre
(Die Belagerung von Colchester)

Drama en 2 actes par Berquin
(Drama in zwei Akten von Berquin)

Distribution
(Verteilung der Rollen)

Lord Cappel – gouverneur de Colchestre (Lord Cappel, Statthalter von Colchester) ..... *Mgr. l'Archiduc François* (Erzherzog Franz Joseph)

Arthur – son fils (Arthur, sein Sohn) ..... *Mgr. l'Archiduc Ferdinand* (Erzherzog Ferdinand Maximilian)

Le colonel Kingston – ami de Cappel (Oberst Kingston, Freund von Cappel) ..... *Mgr. l'Archiduc Charles* (Erzherzog Carl Ludwig)

Lord Fairfax – général de l'armée du parlement (Lord Fairfax, General der Armee des Parlaments) ..... *Richard de Metternich* (Prinz Richard Metternich, Sohn Fürst Metternichs)

Edmond – son fils (Edmund, sein Sohn) ..... *Charles de Bombelles* (Graf Carl Bombelles, einer der Kameraden)

Le colonel Morgan – ami de Fairfax (Oberst Morgan, Freund von Fairfax) ..... *François de Coronini* (Graf Franz Coronini)

Surrey – capitaine des Gardes de Fairfax (Surrey, Kapitän der Garde von Fairfax) ..... *Marc de Bombelles* (Graf Markus Bombelles)

John – soldat de l'armée de Fairfax (John, ein Soldat in der Armee von Fairfax) ..... *Rodolphe de Falkenhayn* (Graf Rudolf Falkenhayn, ein Bruder von Franz)

Robin – fifre dans l'armée de Fairfax (Robin, Pfeifer in der Armee von Fairfax) .... *Dénes de Széchényi* (Graf Denes Széchényi, ein Vetter Gyulás)

Penderel – charbonnier (Penderel, Köhler) .... *François de Falkenhayn* (Graf Franz Falkenhayn)

Gardes et soldats des deux armées (Wachesoldaten und Soldaten der beiden Armeen).

La scène se passe au premier acte dans une forêt entre le camp de Fairfax et Colchestre; au second acte dans la tente de Fairfax (Die Szene spielt im ersten Akt in einem Wald zwischen den Lagern von Fairfax und Colchester; im zweiten Akt im Zelt von Fairfax).

Arnaud Berquin, der Autor der »Belagerung von Colchester«, war ein französischer Schriftsteller (1750–1791), der sich auf kindergerechte Literatur spezialisiert hatte.

Freitag
16. Wir brachten den Abend bei der Mama zu.

Samstag
17. Heute sahen wir mit Papa und Mama einen Theil der Gewerbeausstellung an. Es ist sehr schön.

An diesem Tag besuchte man die ›*Gewerbeausstellung*‹ (aus der sich später übrigens die Wiener Messe entwickelte). Sie fand – nach 1835 und 1839, den beiden ersten Ausstellungsjahren – 1845 zum dritten Mal statt. 1835 war die sogenannte ›*Allgemeine oder Central-Gewerbsproducten-Ausstellung*‹ in den Redoutensälen der Hofburg untergebracht. 1845, als Erzherzog Carl Ludwig sie besuchte, bestand schon ein eigenes Gebäude, das vor dem Polytechnikum (der heutigen Technischen Universität) aufgestellt war und das man vermutlich später wieder abtrug.

Sonntag, 18. Mai, besuchten die Kinder gemeinsam mit ihren Eltern ›*die letzten Stücke einer Vorstellung im Circus*‹, einen Tag später gingen sie noch einmal in die Gewerbeausstellung. Dienstag, 20. Mai, fand im ›*Theater in Schönbrunn*‹ eine Wohltätigkeitsvorstellung zu Gunsten von Überschwemmungsopfern in Böhmen und Galizien statt. Da die Ausführenden der drei französischen Stücke die Mitglieder des hauseigenen Schloßtheaters waren, wird wohl die kaiserliche Familie für die Kosten der Vorstellung aufgekommen sein.

Donnerstag
22. Frohnleichnamstag. Heute konnte die Procession wegen schlechtem Wetter nicht statt finden. Abends war Concert bei der Mama. Die Wildauer, Gabrieli und Emanueli sangen. Das Concert war recht hübsch.

Eines der beliebtesten katholischen Kirchenfeste der Wiener stellte der Fronleichnamstag dar, an dem sich eine riesige Prozession durch die Innenstadt bewegte. An ihr nahmen nicht nur die kaiserliche Familie, sondern auch alle anwesenden Erzherzoge und Erzherzoginnen teil. Der Festzug wurde von tausenden Schaulustigen gesäumt, die die Mitglieder des Kaiserhauses an diesem Tag – wie am 1. Mai während des Praterfestes – aus allernächster Nähe betrachten konnten. Daß die Prozession wegen Schlechtwetters ausfiel, brachte die Wiener um eines ihrer beliebtesten Spektakel.

Am Samstag, 24. Mai, übersiedelten Erzherzogin Sophie und Erzherzog Franz Carl mit ihren Kindern in die kaiserliche Sommerresidenz, nach Schloß Schönbrunn. Kaiser Ferdinand und seine Frau verließen die Hofburg erst einige Tage später.

Montag
26. Heute fing die neue Tagesordnung an: Wir stehen um 6 Uhr auf, und speisen um 5 Uhr. Die Großmama (Kaiserin Caroline Auguste), *kam auch heute aus der Stadt nach Schönbrunn* (das bedeutet, daß an diesem Tag ihr Umzug stattfand). *Maxi ritt aus.*

An diesem Tag trat der Stundenplan für die Sommermonate in Kraft: Der theoretische Unterricht fiel auf die Vormittagsstunden, nachmittags gab es die üblichen Lehrstunden im Freien. Das ›*Speisen um 5 Uhr*‹ (anstelle der in den Wintermonaten gegen zwei Uhr eingenommenen Mahlzeit) meinte ein Mittagessen, war aber nach dem Frühstück und einem gegen 12 Uhr genommenen zweiten Frühstück die dritte Mahlzeit des Tages.

Dienstag
27. Abends machten wir mit Papa und Mama eine Promenade nach Speising (ein Ort in der Nähe Schönbrunns, heute ein Teil des 13. Wiener Gemeindebezirks Hietzing).

Mittwoch
28. Heute kam die Tante Marie, Königin von Sachsen (die eineiige Zwillingsschwester Erzherzogin Sophies), *an. Abends war bei der Mama großer Thee* (›*großer Thee*‹ meint in erweiterter Gesellschaft, der vermutlich zu Ehren der Schwester Erzherzogin Sophies gegeben wurde).

Donnerstag
29. Heute hielten wir Probe vom Stück ›Le siège de Colchestre‹, weil das selbe am 31ten für die Tante Marie wiederholt wird. Abends ging Papa, Mama, Großmama, Tante Marie und Onkel Ludwig in das Theater.

Freitag
30. Heute ist der Namenstag des Maxi (vgl. mit der Eintragung des Vorjahres). *Wir aßen beim Kaiser, dessen Namenstag auch heute ist. Wir gingen mit einem großen Theil der Familie nach Kaltenleutgeben* (ein Ausflugsziel auf der Strecke zwischen Mauer und Mödling, wo sich Kaltwasseranstalten und hübsche Sommervillen befanden).

Samstag
31. Abends wurde das Stück, »Le siège de Colchestre« wiederholt zu Ehren der Tante Marie. Die Rollen waren wie das erste Mahl (verteilt). *Nur die Rolle »John – soldat de l'armée de Fairfax«* (vgl. mit der Eintra-

gung vom 15. Mai), *wurde nicht vom Rudi Falkenhayn, sondern von Rudolph Wrbna gespielt.*

Graf Rudolf Wrbna, ebenfalls ein Altersgenosse der jungen Erzherzoge, war ein Sohn des gleichnamigen k.k. Kämmerers und Ersten Stallmeisters. Seine Mutter, eine geborene Gräfin Chorinsky, war bei der Geburt Rudolfs gestorben.

Juni. 1845.

Sonntag

1. Wir aßen beim Kaiser. Tante Marie, Großmama, Papa, Mama, Onkel Ludwig, Fräulein Carlowitz, Mimquitz (?), *Gräfin Schönborn und wir gingen nach Hainbach. Es sang der Sängerverein. Vor dem und nach demselben* (gemeint ist das Konzert) *gingen wir spazieren. Beim Gouter* (Essen) *waren noch mehrere Quartette. Es war sehr hübsch.*

Fräulein Carlowitz und eine nicht zu identifizierende Person namens Mimquitz(?) gehörten vermutlich dem Gefolge Königin Maries von Sachsen an. Gräfin Schönborn war, wie schon erwähnt, Obersthofmeisterin Erzherzogin Sophies. Der Spaziergang führte – wie so oft, wenn man in Schloß Schönbrunn wohnte – nach Hainbach, einem westlich davon gelegenen Ausflugsziel.

Montag
2. Fritz (Erzherzog Friedrich, ein Sohn Erzherzog Carls) *that heute Professe vom Malteserordern* (= er legte das Ordensgelübde ab). *Wir machten ihm eine Abschiedsvisite, weil er morgen abreist.*

Die Reise führte Erzherzog Friedrich nach Venedig, wo er als Offizier bei der Marine tätig war. Er starb zwei Jahre später – im Alter von sechsundzwanzig Jahren – an Gelbsucht und wurde in der Malteserordenskirche in Venedig beigesetzt.
An den beiden nächsten Tagen wurden ausschließlich Promenaden mit der Familie vermerkt. Am Donnerstag, dem 5. Juni, fand die erste Schwimmstunde in der eigenen ›*Schwimmschule*‹ (so nannte man die künstlichen Becken) von Schönbrunn statt. Sie zählte wie die Reit-, Fecht-, Kutschier- und Turnstunden zum nachmittäglichen Unterrichtsprogramm. Im Zusammenhang mit der Erziehung des fünfzehnjährigen Thronfolgers, Erzherzog Franz Joseph, sei auf das im Sommer dichte militärische Übungsprogramm verwiesen. Während seine Brüder Promenaden mit den Eltern unternahmen, ritt er mit seinen Lehrern aus oder exerzierte mit einer Truppe (genannt werden die Artillerie, die Infanterie und die Kavallerie). Nur an den Sonntagen nahmen auch die Erzherzoge Ferdinand Maximilian und Carl Ludwig an den militärischen Übungen teil (vgl. auch mit der folgenden Eintragung).

Samstag
7. Franzi exercirte mit der Cavallerie. Wir alle drei (Ferdinand Maximilian, Ludwig Victor und Carl Ludwig) *fuhren nach Lainz, wo wir Papa, Mama und die Tante Marie fanden.*

Sonntag
8. Abends gingen wir mit Papa, Mama und Tante Marie und den Suiten (vgl. Eintragung vom 1. Juni) *von der Tante Marie in die Brühl* (ein Tal bei Mödling in der Nähe Wiens).

Montag
9. Maxi ritt aus, und wir zwei, Franzi und ich, gingen mit dem Grafen Coronini in die Fasanerie (in Schönbrunn), *um Scheiben zu schießen. Ich aber schoß nicht. Wir blieben Abends bei uns zu Hause.*

Interessant ist der stets wiederkehrende Vermerk, daß Erzherzog Carl Ludwig weder an Scheibenschießen noch an Jagden teilnahm. Im Gegensatz zu seinem ältesten Bruder Franz Joseph, der seit frühesten Kindertagen eine innige Leidenschaft dafür hegte, konnte er der Jagd offensichtlich nichts abgewinnen. Diese Einstellung sollte er übrigens bis ins Erwachsenenalter beibehalten.
Die Familienausflüge der beiden nächsten Tage führten nach Mauerbach (ein in der Nähe Schönbrunns gelegenes Ausflugsziel) und in den Tiergarten von Lainz.

Donnerstag
12. Wir fuhren mit der Mama zu Hügel (gemeint ist der *›Hügelische Garten‹*, der sich im Besitz Barons Dr. Franz Hügel, eines vermögenden Wiener Kinderarztes, befand. Der Park lag in der Nähe Schönbrunns und galt der kaiserlichen Familie als beliebtes Ausflugsziel) *nach, wo auch die Tante Marie, der kleine Ludwig und die Marie Vécsey waren. Abends war Concert in der kleinen Galerie, welches der Kaiser zu Ehren der Tante Marie gegeben hat. Franzi war auch dort. Wir, Maxi und ich, hörten mit dem Grafen Coronini einen Theil des Concerts auf dem Perron zu.*

›Perron‹ wurde früher nicht nur der Bahnsteig, sondern auch eine kleine Erhebung, eine Plattform, genannt. Hier ist vermutlich eine Estrade gemeint.

Freitag
13. Großmama, Tante Marie, Mama und Onkel Ludwig gingen nach Frohsdorf zur Dauphine und dann speisten sie auf der Weilburg (in Baden, die Erzherzog Carl gehörte). *Der Thee wurde hier* (wieder in Schönbrunn) *auf der Terrasse genommen.*

In Schloß Frohsdorf lebte die *›Dauphine‹* Marie Therese im Exil, deren Ehemann, Herzog Ludwig von Angoulême, Sohn König Carls X. von Frankreich, wenige Monate vorher gestorben war. Als *›Dauphine‹*, also als Anwärterin auf den französischen Königsthron, anerkannten sie zu dieser Zeit nur noch Legitimisten. Denn in Frankreich hatte ein weitschichtiger Verwandter aus der Linie der Herzoge von Orléans die Macht ergriffen, der als Louis Philippe (genannt: der ›*Bürgerkönig*‹) von 1830–1848 regierte. Die in Schloß Frohsdorf lebende Herzogin von Angoulême war übrigens eine nahe Verwandte der österreichischen Kaiserfamilie, eine Cousine Kaiser Franz II./I., deren tragisches Schicksal Teil der französischen Geschichte wurde. Sie war die Tochter König Ludwigs XVI. von Frankreich und Erzherzogin Marie Antoinettes, der beiden prominentesten Opfer der 1789 begonnenen Französischen Revolution. Nach der Hinrichtung ihrer Eltern kamen die beiden einzigen überlebenden Kinder des Herrscherpaares, Marie Therese und ihr jüngerer Bruder Ludwig, in die Obhut von revolutionsfreundlichen Familien. Der Dauphin starb nach nur wenigen Monaten. Marie Therese konnte als einzige ihrer Familie ihr Leben über die Tage des Schreckensregimes hinüberretten.

Samstag
14. Heute kamen Mama, Tante Marie, Großmama und Amie auf die Schwimmschule. Wir gingen (der Rest fehlt.)

Sonntag
15. Die Tante Marie Louise aus Parma kam hier um

halb 5 Uhr Nachmittags an. Wir gingen mit dem Papa und mit Onkel Ludwig nach Kaltenleutgeben.

Eine weitere prominente Verwandte des österreichischen Kaiserhauses war Herzogin Marie Louise von Parma, die älteste Schwester Erzherzog Franz Carls, also eine Tante Carl Ludwigs. Sie war in erster Ehe mit dem Kaiser der Franzosen, Napoleon I., verheiratet. Mit ihm hatte sie einen Sohn, Napoleon II., der nach der Absetzung seines Vaters sozusagen als Geisel an den österreichischen Hof gebracht wurde. Aus Haß und Angst vor dem Namen Napoleon wurde er hier Franz gerufen und später mit dem Titel eines Herzogs von Reichstadt bedacht. Marie Louise, die ihren Mann schon vor seiner Exilierung verlassen hatte, erhielt im Zug der europäischen post-napoleonischen Neuordnung über Vermittlung ihres Vaters, Kaiser Franz II./I., die Herzogtümer von Parma, Piacenza und Guastalla auf Lebenszeit zur Regentschaft überantwortet. Zur Zeit ihres Besuches in Wien war sie zum dritten Mal verheiratet. Ihr Ehemann, Carl Graf Bombelles, war ein direkter Onkel der gleichnamigen Spielkameraden Erzherzog Carl Ludwigs.

Montag
16. Um 3 Uhr Nachmittags kam der König von Sachsen, der Onkel Fritz (Ehemann der Zwillingsschwester Erzherzogin Sophies), *an. Es wurde zu Hügel gegangen* (vgl. mit der Eintragung vom 12. Juni). *Abends*

war hier (in Schloß Schönbrunn) *Theater. Es wurde gegeben das Stück »Er muß aufs Land« von dem* (unleserlich).

Einen Tag später führte ein Ausflug die kaiserliche Familie – einschließlich der Königin von Sachsen und der Herzogin von Parma nach dem beliebten Hainbach. Am 18. Juni wurde dem sächsischen Königspaar zu Ehren in Schloß Laxenburg eine Festveranstaltung gegeben. Dieses im Süden Wiens gelegene Schloß, das damals von Schönbrunn aus über Meidling schnell zu erreichen war, gehörte der kaiserlichen Familie. Es verfügte über ein weitläufiges Jagdrevier und wurde während der Sommermonate oftmals Gästen als Quartier zur Verfügung gestellt.
Am Donnerstag, 19. Juni, reiste das Königspaar von Sachsen wieder ab. Die zurückbleibende kaiserliche Familie ging in Schönbrunn wieder dem Alltagsleben nach.

Montag
23. Heute kam die Tante Therese, die Königin von Baiern, an. Wir machten ihr Nachmittags in der Stadt unsere Visite. Franzi exercirt mit der Artillerie. Maxi und ich, wir gehen mit der Mama aus. Abends bleiben wir alle drei (Brüder) *bei der Mama.*

Der regierende König von Bayern, Ludwig I., war ein Halbbruder Erzherzogin Sophies. Deshalb wird die

Königin, eine geborene Prinzessin von Sachsen-Altenburg, als Tante tituliert. Ihr Wienaufenthalt galt dem Besuch ihrer Tochter Hildegard, die ihr erstes Kind erwartete. Es gehörte zu den Gepflogenheiten der Zeit, daß Mütter ihren Töchtern gegen Ende der Schwangerschaft beistanden, um bei der Geburt und im Wochenbett behilflich zu sein. Sie unterstützten dabei die Hebammen, die ohne ärztliche Hilfe als Geburtshelfer tätig waren. Denn Männer – und Ärzte waren damals nur Männer – durften aus Schicklichkeitsgründen keine gynäkologischen Arbeiten leisten. Sie wurden nur im Ernstfall – also wenn das Leben der Mutter oder des Säuglings bedroht war – herangezogen.

Die nächsten Tage waren von familiären Zusammenkünften im kleinen Kreis geprägt.

Mittwoch

2. (Juli) *Ich ging allein mit Papa, Mama, Großmama, Tante Louise* (Herzogin von Parma) *nach Hadersdorf und von dort den neuen Weg, den der Papa hat machen lassen gegen Hainbach, dort waren die Wägen. Wir fuhren nach Hause, und soupirten mit den Brüdern auf der Terrasse. Der Maxi ritt aus, und der Franzi exercirte mit der Artillerie.*

Diesmal führte die Route von Schönbrunn aus nach dem im Westen Wiens gelegenen Hadersdorf (dort befand sich das Anwesen, das Gideon Graf Laudon, dem

Feldmarschall Kaiserin Maria Theresias, gehörte) und weiter über einen neu angelegten Weg nach dem beliebten Hainbach. Dorthin hatte man die Wägen bestellt, die die kaiserliche Familie dann wieder zurück nach Schönbrunn brachten. Auf diese Weise wurden etliche Ausflüge unternommen, weshalb in den Texten manchmal sowohl von ›*gehen*‹ als auch von ›*fahren*‹ die Rede ist.

Donnerstag
3. Abends kamen die Cameraden, wir spielten Baar und (unleserlich), *nach diesem* (Spiel) *gingen wir zur Mama auf das Parterre* (in Schönbrunn), *dann soupirten wir mit der Gräfin Schönborn und mit dem Grafen Coronini auf dem Babion*(?) (vermutlich ist damit der bis heute bestehende ›*Pavillon*‹ beim Meidlinger Tor gemeint).

Freitag
4. Heute kam der Herzog von Modena (der verwitwete Franz IV., ein Enkel Kaiserin Maria Theresias und Vetter Kaiser Franz II./I.) *mit seinen zwei Töchtern an* (Marie Therese, spätere Herzogin von Bordeaux und Gräfin von Chambord, und Marie Beatrix, spätere Infantin von Spanien).

Die zahlreichen, neu hinzugekommenen Verwandten nahmen in den nächsten Tagen an den obligaten Ausflügen teil, die nach Hadersdorf und Hietzing führten.

Dienstag
8. Abends um 7 Uhr fuhren wir mit Papa und Mama in die Stadt, und zwar in den Pratergarten; denn dort war ein Gouter für die Königin von Baiern (vgl. mit der Eintragung vom 23. Juni), *weil ihr Geburtstag war. Es war die ganze hiesige Familie beisammen, es war türkische Musik, es war recht hübsch. Wir schliefen in der Stadt* (in der Hofburg).

Mittwoch
9. Heute in der Früh schwamm der Franzi, der Albert (Sohn Erzherzog Carls) *und der Erbprinz von Modena* (späterer Herzog Franz V., Sohn Herzog Franz IV. von Modena) *über die große Donau. Der Onkel Carl ist auch in einem Schiff mitgefahren. Es war türkische Musik und Pöller*(schießen). *Abends gingen wir mit Ausnahme des Maxi, welcher ausritt, mit dem Papa und mit dem Onkel Ludwig in den Thiergarten. Die Mama fuhr in die Stadt zu den Modenensern* (vermutlich in das in der Innenstadt gelegene Palais der Herzoge von Modena). *Wir soupirten auf dem Balcon. Mittags gingen wir zur Herzogin von Kent, Mutter der Königin von England und Schwester des Herzogs von Koburg. Sie war gerade bei der Toilette, also konnten wir sie nicht sehen.*

Eine große körperliche Leistung stellt die Überquerung der – bis zu einem Kilometer und mehr – breiten Donau dar: Der fünfzehnjährige Erzherzog Franz Jo-

seph unternahm sie als Jüngster gemeinsam mit seinen Vettern Albert (28 Jahre) und Franz (26 Jahre).
Daß sich die Familie der Herzoge von Modena so zahlreich in Wien versammelte, läßt darauf schließen, daß sie ebenfalls anläßlich der bevorstehenden Entbindung Erzherzogin Hildegards angereist kam: Adelgunde, die Ehefrau des Erbprinzen von Modena, eine geborene Prinzessin von Bayern, war eine Schwester der Gebärenden.
Zu den zahlreichen sommerlichen Besucherinnen Wiens zählte auch die Herzogin von Kent, eine geborene Prinzessin von Sachsen-Coburg-Saalfeld und Sachsen-Coburg-Gotha. Mit ihrer Tochter ist Königin Victoria von England gemeint, mit ihrem Bruder Herzog Ernst I. Ihr jüngster Bruder Leopold (I.) regierte zu dieser Zeit übrigens als erster König der Belgier.

Donnerstag
10. Abends spielten wir Baar mit den Cameraden. Dann soupirten wir auf der Terrasse bei der Mama. Die Mama kam aber erst um 9 Uhr von der Promenade nach Hause, sie machte die Promenade zum grünen Baum (ein Wirtshaus in der Nähe Wiens; vielleicht ist das bis heute bestehende in Breitenfurt gemeint).

Freitag
11. Heute Abends gingen wir mit dem Papa, mit der Mama, Großmama, Königin von Baiern, Tante Lou-

ise, Cicina, Trici (Töchter des Herzogs von Modena, Marie Therese und Marie Beatrix), *Onkel Ludwig, Erzherzog Max* (ein Bruder des Herzogs von Modena), (ein Name unleserlich), *Adelgunde* (Ehefrau des Erbprinzen von Modena), *Hildegarde und Albert* (Schwiegertochter und Sohn Erzherzog Carls) *in den Thiergarten, dann soupirten wir alle auf der Terrasse von der Mama.*

Samstag
12. Heute regnete es, deßwegen machten wir keine große Partie. Wir gingen mit dem Grafen Morzin in die Menagerie, um den schon (unleserlich) *Elephanten anzusehen, welcher vorgestern starb; es ist aber der alte. Die Mama ging Abends zum Fürsten Metternich* (in dessen im heutigen dritten Wiener Gemeindebezirk liegendes Sommerpalais). *In seiner Villa war ein Concert für die Herzogin von Kent* (vgl. mit der Eintragung vom 9. Juli).

Wegen anhaltend schlechten Wetters führten die Promenaden der nächsten Tage nicht weiter als bis in den Schönbrunner Schloßgarten. Als Ersatzprogramm für die Spaziergänge besuchte Erzherzogin Sophie gemeinsam mit ihrem Ehemann und den Kindern einige Aufführungen des Theaters in der Josefstadt.

Dienstag
15. Heute regnet es in einem fort. Man glaubt, daß die

Cousine Hildegarde, die Frau von Albert, heute Abends ein Kind bekommen wird. So um 3 Uhr Mittags herum bekam sie ein kleines Mädchen, welches sehr gesund ist. Um 9 Uhr Abends kam die Mama vom Josephstädtertheater nach Hause.

Die Eintragung zählt zu den im Vorwort besprochenen – zu verschiedenen Zeiten – geschriebenen Texten. Der erste Teil entstand wahrscheinlich am Vormittag: ›*Man glaubt, daß die Cousine Hildegarde ... heute Abends ein Kind bekommen wird.*‹, der zweite Teil stammt vermutlich vom Abend desselben Tages: ›*So um 3 Uhr Mittags herum bekam sie ein kleines Mädchen ...*‹

Mittwoch
16. Heute um halb 2 Uhr war die Taufe (der neugeborenen Erzherzogin). *Die Königin von Baiern ist die Pathin; aber sie hat das Mädchen nicht aus der Taufe gehoben, weil sie Protestantin ist. Die ganze kaiserliche Familie war dabei. Die Taufe war im Haus, im Kinskyschen Palais, es ist ein sehr hübsches Kind. Abends gingen wir auf die Reitschule, weil es immer regnete. Um halb 8 Uhr nach dem Reiten gingen wir zur Mama. Der Papa und der kleine Ludwig waren dort. Die Mama ging gegen 8 1/4 Uhr in das Josephstädtertheater, um die Wildauer* (Mathilde Wildauer, k.k. Hofschauspielerin) *singen zu hören.*

Daß die Königin von Bayern zwar das Amt einer Patin innehatte, das Mädchen aber nicht aus der Taufe hob, liegt – wie man schon im Text erfährt – an ihrer Religion. Als Patin war sie aber Namensgeberin, weshalb das Mädchen nach ihr (Maria) Theresia genannt wurde. Die Taufe fand – was damals üblich war – im eigenen Haus statt (vermutlich auch in der hauseigenen Kapelle, über die die meisten Palais verfügten). Bei dem Gebäude scheint es sich um das in der Nähe der Hofburg gelegene Palais Daun-Kinsky zu handeln, das Erzherzog Albrecht um diese Zeit – vielleicht als Übergangsquartier – bewohnte. Das Haus gehörte dem fürstlichen Zweig der Familie Kinsky, die ihren Hauptwohnsitz zwar in Prag hatte, sicherlich aber auch nicht für immer auf das Wiener Stadtpalais verzichten wollte. Zum Zeitpunkt der Eintragung war Fürst Kinsky – er hieß Ferdinand Bonaventura – allerdings ein elfjähriges Kind, das sich mit seiner Mutter in Böhmen aufhielt.

Donnerstag
17. Heute Abends spielten wir mit den Cameraden ein neues Spiel, welches heißt Kriket (Cricket), *wir spielten in der Gallerie* (von Schloß Schönbrunn), *wegen schlechtem Wetter. Um 9 Uhr Abends gingen wir zur Mama.*

Freitag
18. Abends exercirte der Franzi mit der Cavallerie.

Die Mama kam mit dem Maxi und mit mir auch dazu. Dann später fuhren wir nach Hacking zur Tante Amélie, wo wir den Abend zubrachten. Der Franzi kam nach.

Prinzessin Amalie Wasa, die Cousine Erzherzogin Sophies, bewohnte winters ein Palais nahe der Innenstadt und im Sommer eine Villa in Hacking (westlich von Schönbrunn gelegen), wohin viele Ausflüge der kaiserlichen Familie führten.
In der Reihenfolge der Eintragungen kommt es in den nächsten Tagen zu Wiederholungen und Verwicklungen, weshalb einige Seiten von Erzherzog Carl Ludwig gestrichen und später neu verfaßt wurden. Die nachgetragenen Texte ähneln den vorhergehenden, erscheinen aber jeweils um einen Tag verschoben. Für den 21. Juli fehlt die Eintragung, die Ereignisse dieses Tages scheinen im Nachhinein nicht mehr rekonstruierbar gewesen zu sein.

Dienstag
22. Der Franzi hat heute Nachmittags Taktik (Unterricht in Truppenführung). *Wir zwei, Maxi und ich, wir gingen mit der Mama spazieren. Heute Abends um ½ 9 Uhr starb der Feldmarschall Bellegarde, wegen welchem der Kammerball verschoben wurde.*

Feldmarschall Graf Heinrich Bellegarde war ein hochverdientes Mitglied des österreichischen Kaiser-

hofes. Er hatte die Ämter eines k.k. Geheimen Rates und eines Obersthofmeisters bei Kaiserin Caroline Auguste inne gehabt und war am Höhepunkt seiner Karriere sogar Staats- und Konferenzminister gewesen.
An den nächsten Tagen dominierte das Familienleben im kleinen Kreis. Erzherzog Franz Carl und Erzherzogin Sophie unternahmen täglich Promenaden und Spazierfahrten mit ihren Kindern. An den Abenden wurde das Essen – wenn das Wetter es zuließ – auf der Terrasse eingenommen.
Am Samstag, 26. Juli, wurde der Namenstag von Kaiserin Maria Anna gefeiert. Es gab das übliche Familiendiner und am Abend ein Feuerwerk, das aber offensichtlich abgebrochen werden mußte, da es regnete.

Mittwoch
30. Heute ist mein Geburtstag. Ich bekam viele schöne Sachen. Heute communicirten Franzi und Maxi mit der Mama (= sie gingen während der Messe zur Heiligen Kommunion). *Abends kamen die Cameraden. Nach dem Spielen, welches im Boulingrin war, war ein Gouter in dem Salon von der Mama. Die Mama und die Großmama* (Kaiserin Caroline Auguste) *sahen zu. Später kam die Tante Therese, Königin von Baiern, mit dem Albert.*

Donnerstag
31. Heute in der Früh reisten Papa und Mama nach Ischl. Um halb 5 Uhr Nachmittags reiste der kleine Ludwig nach Ischl. Wir waren bei seiner Abreise.

Die alljährlich im Sommer stattfindende Übersiedlung von Schönbrunn nach Ischl erfolgte in mehreren Etappen. Eltern und Kinder reisten vermutlich auch aus Sicherheitsgründen getrennt. Den Eltern folgte der jüngste Sohn, der dreijährige Erzherzog Ludwig Victor, während die drei Ältesten noch einige Zeit in Schönbrunn blieben und weiteren Unterricht erhielten. In der lernfreien Zeit wurden sie – wie schon im Jahr zuvor – vor allem von der Großmutter, Kaiserin Caroline Auguste, und dem Großonkel, Erzherzog Ludwig, betreut.

August.

Freitag
1. Abends gingen wir zwei, Maxi und ich, mit dem Franzerl (Graf Falkenhayn), *den wir am Ende der Meidlingeralle* (am Ostende der Schönbrunner Parkanlage) *fanden, auf das Gatterhölzel, wo der Franzi mit der Artillerie exercirte, dann nach dem Exerciren jagten die Brüder auf Kaninchen. Der Franzi und Maxi schoßen jeder zwei.*

Das Gatterhölzel lag östlich des Parks von Schönbrunn. Es hieß nach einem kleinen Schloß, das sich ehemals dort befand und das Ende des 16. Jahrhunderts der Kriegszahlmeister Kaiser Rudolfs bewohnte. Er hieß Ägidius Gattermayr und gab dem kleinen Besitz seinen Namen, der bis ins 19. Jahrhundert überlebte.

Samstag
2. Nachmittags fuhren wir zwei, Maxi und ich, und der Graf Bombelles mit den neuen kleinen Pferden nach Ober St. Veit, von wo wir nach Hacking zur Tante Amélie gingen. Sie war aber nicht zu Hause. Abends gingen wir alle drei zur Großmama (Kaiserin Caroline Auguste), *wo Karten gespielt wurde. Die Amie* (Baronin Sturmfeder) *war auch dort. Wir unterhielten uns* (der Rest fehlt, aber es heißt vermutlich: gut).

Sonntag
3. Wir aßen beim Kaiser. Abends wollten wir gehen mit der Großmama, mit dem Kaiser, mit der Tante Louise (Herzogin von Parma), *mit dem Herzog von Modena, mit dem Onkel Ludwig, mit der Cicina, mit dem Ceccho, mit dem Dando* (drei Kinder des Herzogs von Modena: Marie Therese, Franz und Ferdinand) *nach Kaltenleutgeben, man befürchtete ein Gewitter. Man goutirte beim Richter von Lainz.*

Montag
4. Abends fuhren wir mit dem Grafen Bombelles in die Brühl (in der Nähe von Wien bei Mödling gelegen) *zum Grafen Ledochowski, es geht ihm nicht gut. Er sieht schlecht aus.*

Graf Ledochochowski war – wie früher erwähnt – als Dienstkämmer Erzherzog Franz Carls dem Hofstaat seiner ältesten Söhne zugeteilt.

Dienstag
5. Abends wollten wir zur Königin von Baiern in die Stadt fahren, um unsere Abschiedsvisite zu machen. Jedoch wir begegneten ihr, wie wir hineinfuhren. Sie fuhr nach Schönbrunn zur Großmama (vermutlich, weil sie sich selbst verabschieden kam). *Dort machten wir unsere Visite, dann gingen wir mit dem Baron auf das Gatterhölzel* (vgl. mit der Eintragung vom 1. August), *Kaninchen jagen. Ich schoß nicht. Der Franzi schoß vier Hasen, wovon wir einem dem Maxi Gorizzutti* (dem damals achtjährigen Sohn des Erziehers und Lehrers, Baron Gorizzuti) *gaben zum Essen.*

Das Desinteresse für die Jagd mag bei Erzherzog Carl Ludwig auf die seit Kindertagen bestehende tiefe Religiosität zurückzuführen sein: Vielleicht mochte er aus Glaubensgründen nicht töten. Damit wäre auch das kritiklose Einverständnis der anderen Familienmitglieder leicht zu begründen.

Mittwoch
6. Abends ritten wir auf der Reitschule, weil es sehr stark regnete, und der Maxi hätte ausreiten wollen. Um 3/4 9 Uhr Abends ließ uns die Großmama zu sich kommen. Wir spielten Karten, es ist ein Kartenspiel, welches heißt »Der schwarze Peter«, und wenn man diese Karte hat, welche der schwarze Peter ist, so bekömmt man einen Schnurrbart (der dem Verlierer – vermutlich mit kohlengeschwärztem – Kork aufgestempelt wurde). *Der Graf Morzin* (einer der Erzieher) *und ich bekamen welche.*

Donnerstag
7. Abends spielten wir mit den Cameraden. Franzi war mit dem Onkel Ludwig im Thiergarten (wohl im Lainzer Jagdrevier) *auf der Jagd auf Dammhirsche. Wir blieben Abends allein mit dem Grafen Coronini zu Hause. Der kleine Maxi* (Gorizzutti, im Unterschied zum großen Maxi, dem Bruder Ferdinand Maximilian) *schlug sich bei diesem Spiele an, nähmlich er fiel auf die Bank.*

Freitag
8. Abends gingen wir auf die Simmeringerhaide (im heutigen 11. Wiener Gemeindebezirk, damals ein Vorort Wiens im benachbarten Niederösterreich), *wo Franzi mit Kanonen auf Scheiben schoß. Wie wir nach Hause kamen, ließ uns die Großmama kommen. Wir blieben kurze Zeit dort, und dann gingen wir wieder zu uns hinauf.*

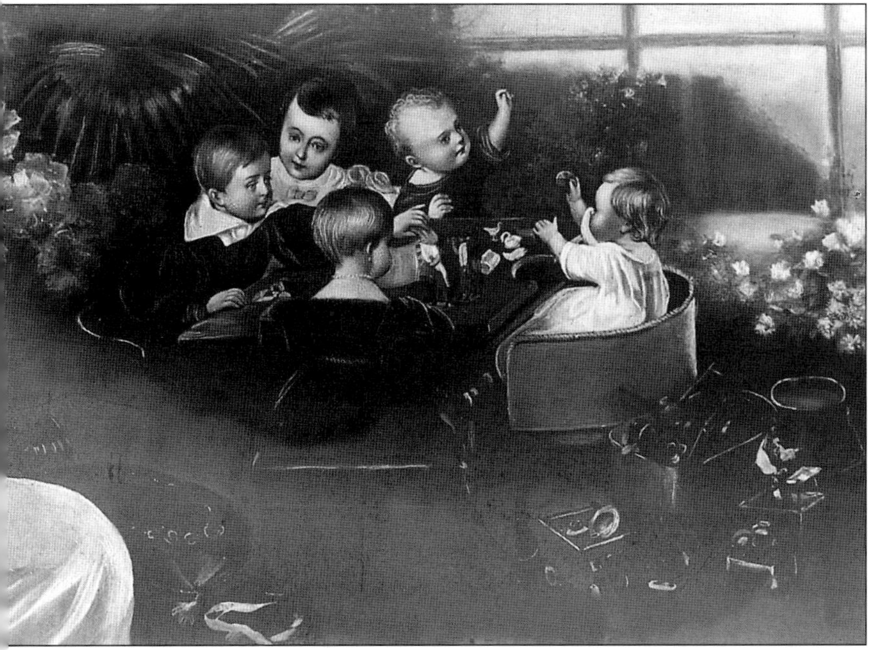

ι Foto nach einem Gemälde von Charles Scolik d. Ä.: Erzherzog Carl Ludwig und seine Ge-
:chwister im Kleinkindalter – Ferdinand Maximilian, Franz Joseph, der Tagebuchschreiber und
lie früh verstorbene Maria Anna (v. l. n. r.). Bei dem Kind mit dem Rücken zum Betrachter han-
lelt es sich vermutlich um eine Cousine der Erzherzoge.

V. l. n. r.: Die Erzherzoge Ferdinand Maximilian, Carl Ludwig (mit dem Rücken zum Betrach-
r), Maria Anna und Franz Joseph im Park von Schloß Laxenburg (Foto nach einem Gemälde von
harles Scolik d. Ä., 1836).

3 Auf der Terrasse von Schloß Schönbrunn: Die Geschwister Franz Joseph, Maria Anna, Fer-dinand Maximilian und Carl Ludwig im Jahr 1838 (Foto nach einem Gemälde von Charles Scolik d. Ä.).

4 Um die Zeit der ersten Tagebucheintragungen: die Erzherzoge Carl Ludwig, Franz Joseph un Ferdinand Maximilian (v. l. n. r., Foto nach einem Gemälde von Charles Scolik d. Ä.). Erzherzo gin Maria Anna war zu diesem Zeitpunkt schon vier Jahre tot.

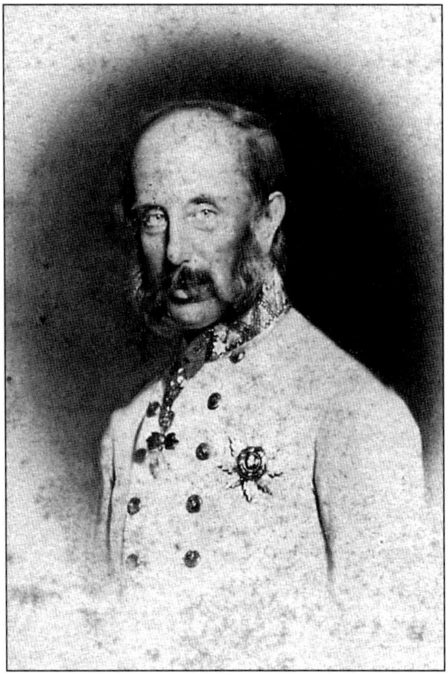

'6 Die Eltern des Tagebuchschreibers: Erzherzogin Sophie und Erzherzog Franz Carl (vermut-
:h beide Fotos aus den sechziger Jahren des 19. Jahrhunderts).

3 Der in den vierziger Jahren regierende Kaiser Ferdinand I. und Kaiserin Maria Anna, Onkel
d Tante des Tagebuchschreibers.

9 Die Familie Erzherzog Carls auf der Terrasse der Weilburg bei Baden: In der Mitte der verw
wete Erzherzog Carl und seine älteste Tochter Marie Therese sowie v. l. n. r. die Kinder Erzh

…zoge Wilhelm, Carl Ferdinand, Albrecht, Marie und Friedrich (Foto nach einem Gemälde von …ohann Ender).

10/11 Der zum Zeitpunkt der Tagebucheintragungen schon verstorbene Kaiser Franz II./I. und Kaiserin Caroline Auguste, der Großvater und dessen vierte Ehefrau.

12 Eine für Erzherzog Car[illegible] Ludwig wichtige Kontaktperson: der Großonkel Erzherzog Ludwig (›Onkel Ludwig‹), ei[illegible] jüngerer Bruder des verstorbenen Kaisers Franz II./I.

13 Erzherzogin Sophie und
ihre eineiige Zwillingsschwe-
ster Marie, Königin von
Sachsen (stehend), die zu den
meistverehrten Damen des
unverheiratet gebliebenen
Erzherzogs Ludwig zählten.

4 Napoleon II. Franz, Her-
og von Reichstadt, der Sohn
on Kaiser Napoleon I. und
erzogin Louise von Parma
Tante Louise‹), der nach
em Sturz seines Vaters
Österreich aufgezogen
urde.

15 Das Schlafzimmer des Herzogs von Reichstadt in Schloß Schönbrunn, in dem er im Alt

›n einundzwanzig Jahren verstarb.

16 Ischl in der Zeit der Jugend Erzherzog Carl Ludwigs. Ganz links außen (zweites Gebäude vo links) ist das Seeauerhaus zu erkennen, in dem man während der Sommerfrische wohnte.

17 Das Seeauerhaus im heutigen Zustand (es wurde später in ›Hotel Austria‹ umbenannt) behe bergt das Ischler Stadtmuseum.

18 ›Tante Elise‹ (sitzend), Königin Elisabeth von Preußen und ihre eineiige Zwillingsschwester Amalie, Königin von Sachsen, zwei Schwestern von Erzherzogin Sophie.

19 Ischl in den fünfziger Jahren des vorigen Jahrhunderts. Das Foto wurde von einem der Söhne Erzherzogin Sophies auf der Rückseite beschriftet: »Aussicht von Mamas Wiesenplatze in Ischl.«

20 Schloß Schönbrunn, die Sommerresidenz der Habsburger – damals im Westen Wiens gelegen

21 Plan Schloß Schönbrunn, der ausgedehnten Grünanlagen (aus dem Jahr 1822) sov
der näheren Umgebung, wohin zahlreiche Ausflüge der kaiserlichen Familie führt
in das im Süden gelegene Speising, dann in nördlicher Richtung nach Lanz (= Lain
zum Königlberg (= Küniglberg) und nach St. Veit. Von hier aus in Richtung Wes

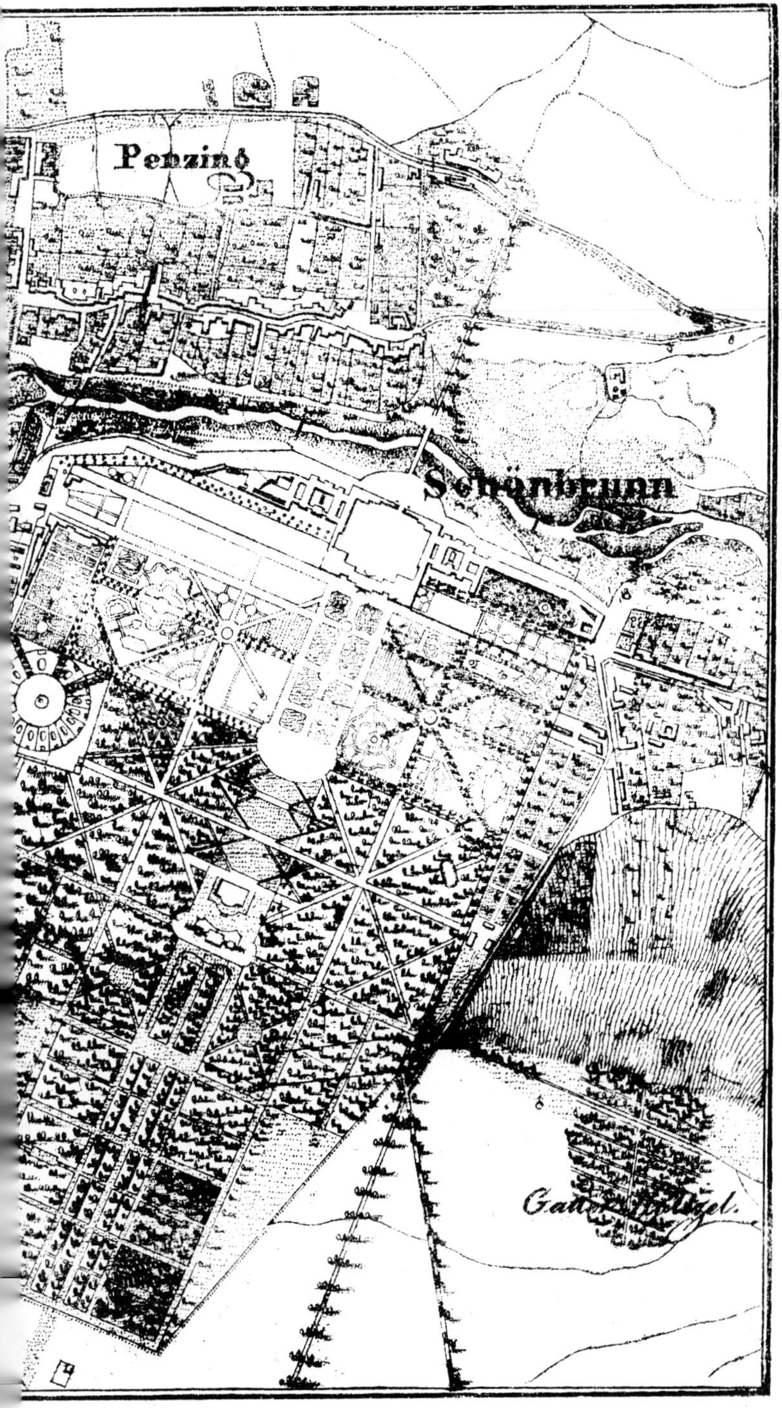

ach links) gelangte man nach Hacking, Mauerbach, Hainbach und Hadersdorf (in den ark des Grafen Laudon). Im Südosten gelegen (rechts): das ›Gatterhölzel‹ und zwei in en Süden führende Alleen, wobei man über die rechte schnell und direkt nach Schloß axenburg kam.

22 Die Kleine Galerie im Schloß Schönbrunn, die im Tagebuch oftmals erwähnt wird. Di Ausstattung stammt aus der Zeit Kaiserin Maria Theresias, der Ururgroßmutter Erzherzog Car Ludwigs.

23 Der Brandhof, der Musterhof Erzherzog Johanns, den die jungen Erzherzöge auf der Rücl fahrt von ihrer Italienreise streiften.

Samstag
9. Wir gingen mit dem Grafen Morzin statt des Schwimmens in den Obstgarten, um einen Fuchs zu schießen, welchen der Monsieur, der Jäger vom Onkel Ludwig, dort ausließ. Franzi schoß ihn. Nach Tisch fuhren wir zwei, Maxi und ich, mit dem Grafen Morzin mit den kleinen Pferden herum. Abends gingen wir alle drei zur Tante Amélie nach Hacking zum Thee.

Wie der Jäger von Erzherzog Ludwig tatsächlich hieß, ist nicht feststellbar, da eine Hundertschaft von Jägern in den kaiserlichen Revieren tätig waren. ›*Monsieur*‹ scheint er nur von Erzherzog Ludwig gerufen worden zu sein: vielleicht weil er es spaßig fand oder der Jäger Franzose war.

Sonntag
10. Heute nach dem Segen kam zum Kaiser ein Kopfrechner, der nicht sehr gut ist. Abends gingen wir mit dem Onkel Ludwig nach Hitzing, dort sahen wir englische Reiter. Es regnete. Auf der Wiese machten sie ihre Kunststücke.

Montag
11. Abends waren wir beim Malfatti, der auf dem Künigelberg wohnt, dann gingen wir durch Hitzing und durch den botanischen Garten (vermutlich durch den von Dr. Hügel) *nach Hause.*

Doktor Johannes Malfatti von Monteregio war Leibarzt mehrerer Erzherzoge. Seine Villa lag zwischen Hietzing und Lainz auf dem Küniglberg. Er hatte das Ende des 18. Jahrhunderts erbaute Landhaus von jenem Freiherrn von Künigl erworben, der dem Berg den Namen gab. In den achtziger Jahren des 19. Jahrhunderts wurde die Villa abgerissen und durch eine neue ersetzt.
Was in der Zeit zwischen Dienstag, 12. und Mittwoch, 13. August geschah, ist nicht ganz nachzuvollziehen, da in den Eintragungen ein großes Durcheinander herrscht. Die offensichtlich nachgetragenen Ereignisse wiederholen zum Teil die der vorhergehenden zwei Tage.

Donnerstag
14. Heute aßen wir um 3 Uhr, weil wir um 4 Uhr mit allen unseren Herrn (Gefolgsleuten), *mit den Bombelles, mit dem Franzerl* (Graf Falkenhayn), *mit dem Herrn Abbé* (vermutlich Kiss) *und mit dem Herrn Hofbauer* (nicht zu identifizieren, mit diesem Namen ist im österreichisch-kaiserlichen Hofkalender weder ein Jäger noch ein Gefolgsmann verzeichnet) *auf die Jagd auf Hasen und auf Rebhühner gingen. Es wurden 6 Hasen und 19 Rebhühner geschossen. Ich schoß nicht.*

Freitag
15. Wir frühstückten auf der Terrasse. Wir machten unsere Abschiedsvisite bei Adelgunde, die morgen

fortreist. Wir gingen mit dem Onkel Ludwig aus gegen den Rosenhügel (ein ebenfalls in der Nähe von Lainz liegender Hügel) *zu, durch die Fasanerie, wo Franzi zwei Kaninchen schoß.*

Adelgunde, die Ehefrau des Erbprinzen von Modena, die ihrer Schwester Hildegarde bei der Geburt ihrer Tochter beigestanden hatte, sollte drei Jahre später selbst Mutter werden. Ihr einziges Kind, die Tochter Anna Beatrix, starb im Alter von ein paar Monaten.

Samstag
16. Abends waren wir bei der Tante Amelie in Hacking und nahmen dort den Thee, es waren sehr gute Sachen dort, wir unterhielten uns sehr gut. Franzi exercirte mit der Cavallerie.

Sonntag
17. Heute um halb 4 Uhr kam der Papa (von Ischl über Linz) *mit dem Dampfschiff nach Nußdorf* (die Schiffsanlegestelle an der Donau im Norden Wiens) *an. Wir fuhren ihm bis Nußdorf entgegen. Wir hatten nähmlich eine große Freude, ihn zu sehen. Abends blieben wir mit ihm und mit dem Onkel Ludwig.*

Montag
18. Heute ist der Geburtstag vom Franzi (Erzherzog Franz Joseph). *Wir speisten beim Kaiser. Franzi ging um 4 Uhr Nachmittag mit dem Papa und mit dem On-*

kel Ludwig auf die Hirschenjagd in den Thiergarten (von Lainz). *Noch mehrere andere Herren waren auch dabei. Wir zwei, Maxi und ich, fuhren mit dem Grafen Coronini auf die Himmelswiese in der Nähe von Mauer. Abends kamen die Bombelles und der Franzerl* (Graf Falkenhayn). *Es war auch ein Gouter.*

An den nächsten Tagen gab es keine besonders ausgeführten Ereignisse.

Freitag
22. In der Früh gingen wir nach (Wiener) *Neustadt, um die Katheten* (gemeint sind: die ›*Kadetten*‹ der dortigen Militärakademie) *anzusehen. Wir speisten auf der Weilburg beim Onkel Carl. Abends kamen zu uns Franzerl und Maxi Gorizzutti, mit welchen wir dem Baron Sprüchwörter aufführten. Wir tranken mit ihnen Thee.*

Die Reise ging von Wien nach dem im Süden gelegenen Wiener Neustadt, wo die jungen Erzherzoge offensichtlich einer militärischen Übung beiwohnten. Am Rückweg streifte man Baden, um die auf der Weilburg lebende Familie Erzherzog Carls zu besuchen. Zurück in Schönbrunn wurden ›*Sprüchwörter aufgeführt*‹ (an anderer Stelle wird auch von ›*aufgeführten Charaden*‹ gesprochen), ein bis heute bekanntes Kinderspiel: Mimisch werden kleine Szenen dargestellt, die die Zuschauer ›*wortwörtlich*‹ zu erraten haben.

Die nächsten Tage galten der Vorbereitung zur Abfahrt nach Ischl. Erzherzog Franz Joseph absolvierte das übliche Militärprogramm, die beiden jüngeren Brüder übten sich im Reiten und Kutschieren. An Gesellschaft standen den Erzherzogen neben ihren Erziehern die Großmutter, Kaiserin Caroline Auguste, der Großonkel, Erzherzog Ludwig, und die Tante, Prinzessin Amalie Wasa, zur Verfügung. Der Vater, Erzherzog Franz Carl, scheint wieder nach Ischl gereist oder mit einer politischen Reise betraut worden zu sein, da weitere Bemerkungen über ihn im Tagebuch fehlen.
Am Dienstag, dem 26. August, nahmen vermutlich alle drei Brüder als Zuschauer an einem Nachtmanöver der Artillerie teil, einen Tag später machten sie – vor der Abreise ins Salzkammergut – die unerläßlichen Abschiedsvisiten.

Donnerstag
28. In der Früh reisten wir mit dem Dampfschiff nach Linz. Wir brachten auf dem Dampfschiff auch die Nacht zu.

Um die Mitte des 19. Jahrhunderts dauerte die Reise von Wien nach Ischl zwei Tage (heute legt man den Weg bei normalem Verkehr in zweieinhalb bis drei Stunden zurück). Obwohl um die Zeit der Tagebucheintragungen schon eine direkte Zugsverbindung von Wien nach Graz existierte, war die Strecke von Wien in Richtung Westen – noch nicht ausgebaut. Der Bahnverkehr zwischen Wien und Linz wurde erst im Jahr 1858 eröffnet. Vorher bildete die Fahrt mit Schiff und Pferdeeisenbahn die günstigste Möglichkeit, von Wien nach Ischl zu gelangen. Während des Sommers verließ täglich um 6 Uhr morgens (später auch gegen Mitternacht) ein ›*Dampfboot der k.k. priv. Ersten Donau-Dampfschifffahrts-Gesellschaft*‹ den Anlegeplatz in Nußdorf bei Wien, mit dem man 30 bis 32 Stunden nach Linz fuhr (stromabwärts dauerte die Fahrt nur neun bis zehn Stunden). Wer auf dem Schiff halbwegs komfortabel übernachten wollte, konnte eine eigene Kabine mieten.

Freitag
29. Um 10 Uhr in der Früh kamen wir in Linz an, fuhren von dort mit der Pferdeeisenbahn nach Gmunden, wo wir um 3 Uhr Nachmittag ankamen. Wir speisten dort, fuhren auf dem See nach Ebensee und dann nach Ischl zur guten Mama, die wir seit einem Monat wiedersahen. Abends war Thee bei der Mama.

Für den Weg von Linz nach Gmunden hatte man vom Schiff auf die Pferdeeisenbahn gewechselt. Die Fahrt (insgesamt vier Stationen) dauerte sechs bis sieben Stunden. In Gmunden am Traunsee nahm man je nach der Ankunftszeit – entweder Quartier oder ein Essen im Hotel »Zum Goldenen Schiff«. Es befand sich direkt an der Schiffsanlegestelle, von wo aus man mit dem Dampfschiff Sophie (nach Erzherzogin Sophie benannt) nach Ebensee fuhr. Die Übersetzung über den See dauerte vierzig bis fünfzig Minuten. In Ebensee nahm man für die letzte Wegstrecke den sogenannten ›*Gesellschaftswagen*‹, der am Anlegeplatz auf die Ankömmlinge von Gmunden wartete.

Samstag
30. In der Früh gingen wir nach Rettenbach (in die bis heute bestehende Rettenbachmühle), *wo wir frühstückten mit Mama, Großmama, Tante Elise* (Königin Elisabeth von Preußen, einer Schwester Erzherzogin Sophies) *und kleinem Ludwig. Abends gingen wir mit den Suiten* (Gefolgsleuten) *nach St. Agatha* (am Fuß des Pötschen), *von wo aus wir nach Steg* (beim Hallstätter See) *gingen. Dort schifften wir uns ein und fuhren auf dem Hallstädtersee herum. Abends war Thee bei der Mama mit allen Suiten.*

Obwohl alle Ausflüge als ›*Spaziergänge*‹ beschrieben werden, darf man annehmen, daß ein Teil der Wege in Pferdewagen zurückgelegt wurde. Trotzdem ist auch die Möglichkeit von Fußmärschen nicht auszuschließen, da die kaiserliche Familie beinahe täglich kilometerlange Ausgänge absolvierte.

Sonntag
31. Um 1 Uhr fuhren wir zur Gosaumühle, von dort auf dem Hallstädtersee nach Hallstadt, dort wurde

zum Waldbachstrubb (ein in drei Güssen etwa 100 Meter hoher Wasserfall in einer Felsspalte) *gegangen, dann wieder zurück auf dem Hallstädtersee bis nach Steg, wo der kleine Ludwig war, der auf uns mit der Marie Vécsey* (seiner Kinderfrau) *wartete. In Steg saßen wir in einem anderen Schiffe ein* (einem Salzschiff), *um auf der Traun nach Ischl über alle Wehren zu fahren* (die Fälle wurden auf extra errichteten Kanälen befahren). *Um 7 Uhr aß man. Franzi mußte gleich nach dem Essen schlafen gehen, weil er morgen auf die Gemsenjagd geht und um 3 Uhr Früh aufstehen muß. Wir zwei, Maxi und ich, blieben bei der Mama und bei der Tante Elise.*

Die Fahrten über die Traunwehren zählten damals zu den beliebten Ausflugserlebnissen. Die Traun war erst im 18. Jahrhundert durch Errichtung von Schleusen und Kanälen beschiffbar geworden; das Befahren stellte aber auch noch in den vierziger Jahren des 19. Jahrhunderts ein Abenteuer dar.
Ganz typisch für den späteren Kaiser Franz Joseph ist die Bemerkung über die Gemsenjagd. Er war seit seiner Kindheit ein leidenschaftlicher Jäger und ließ in dem Zusammenhang schon damals alle Zeichen der – später so berühmt gewordenen – Selbstdisziplin erkennen: Der für den nächsten Tag anberaumten Jagd opferte er die Familienzusammenkunft und begab sich um sieben Uhr zu Bett (zum Vergleich: üblicherweise blieben sogar die beiden Brüder Ferdinand

Maximilian und Carl Ludwig bis zehn, halb elf Uhr auf, der Älteste wird demnach noch später schlafen gegangen sein).

September

Montag

1. Heute Früh um 4 Uhr fuhren Papa, Onkel Ludwig und Franzi auf die Gemsenjagd. Es regnete in der Früh. Wir (die daheimgebliebenen Kinder und die Mutter) *kauften ein. Die Jäger kamen um halb 4 Uhr Nachmittags an. Mit der Nachricht, daß sie nichts geschossen haben. Nachmittag wurde es schön. Abends wurde eine kleine Promenade in der Umgebung gemacht. Die Tante Amelie kam hier gegen 6 Uhr Abends an. Abends war Thee bei der Mama mit allen Suiten und dem Grafen und der Gräfin Gumppenberg, die Tochter des Onkel Carl von Baiern ist. Wir mußten etwas früher schlafen gehen, weil wir morgen früh aufstehen müssen wegen unserer Reise* (die alljährlich in Begleitung der Erzieher stattfindende Bildungsreise), *die wir morgen unternehmen. Wir nahmen von Allen Abschied.*

Bei Tante Amélie handelt es sich entweder um eine hinzugekommene Schwester Erzherzogin Sophies, eher aber um ihre Cousine, Prinzessin Amalie Wasa. ›*Onkel Carl von Baiern*‹ war ein Halbbruder Erzherzogin Sophies, der in erster, unstandesgemäßer Ehe mit Sophie Petin verheiratet war. Von ihr stammt die

Tochter Caroline, geborene Gräfin von Bayrstorff, die seit 1834 mit Adolf Eberhard von Gumppenberg verheiratet war. Allerdings war er kein Graf – wie ihn Erzherzog Carl Ludwig bezeichnete. Seine Familie führte seit 1411 den Titel von Erblandmarschällen von Oberbayern, im Jahr 1571 wurde sie sogar in den erblichen Reichsfreiherrenstand erhoben. Zur Erklärung sei hinzugefügt, daß eine reichsfreiherrliche – im Unterschied zu einer gräflichen – Familie, die den Titel seit der Zeit des Heiligen Römischen Reiches führte, mit ihren Besitzungen ausschließlich dem Kaiser und dem Reich unterstand, während ein Graf (wieder im Unterschied zu einem Reichsgrafen) auch noch einem Landesherren untertänig war.

Dienstag
2. Um 6 Uhr in der Früh gingen wir noch zum Papa und zu der Mama. Dann fuhren wir von hier mit Hofpferden bis zum Gosauzwang, von wo aus wir mit Ischlerpost zum Bromwirth fuhren. Von dort mit landesüblichen Wägen nach Abtenau. Dann ferner mit Postpferden nach Golling. In Abtenau aßen wir. In Golling empfing uns der General Graf Malcofsky mit seinem Sohn. Von Golling aus fuhren wir mit kleinen Wägen zum Gollinger Wasserfall, der mir sehr gefiel. Von dort aus fuhren wir mit der Equipage des Generals zu den Öfen der Salzach (= Schluchten mit wild durcheinander liegenden Felsblöcken, durch die sich die Salzach ihren Weg bahnte), *welche sehr schön und*

sehr merkwürdig (= bemerkenswert) *sind. Dann fuhren wir nach Werfen, wo wir übernachteten. Wir kamen spät Abends an. Der Pass Lueck ist durch zwei Blockhäuser befestigt.*

Im Unterschied zum Jahr zuvor hatte Erzherzog Carl Ludwig diesmal die Reise vollständig im Tagebuch festgehalten (wenn auch manche Ereignisse später nachgetragen wurden und einige Bemerkungen in nicht ganz logischer Reihenfolge erscheinen).
Abgesehen von den kulturellen und gesellschaftlichen Höhepunkten, die zu Ehren der Erzherzoge stattfanden, liefert die Beschreibung ein gutes Dokument des komplizierten Weiterkommens um die Mitte des vorigen Jahrhunderts: Mit eigenem Wagen fuhr man von Ischl bis Gosauzwang am Hallstätter See, woraufhin eine kurze Strecke mit der Ischler Post zurückgelegt wurde (vermutlich befand sich der im Text bezeichnete Bromwirth am Paß Gschütt, den man an der Grenze zu Salzburg überquerte). Mit den später verwendeten ›*landesüblichen Wägen*‹ sind wahrscheinlich salzburgische Fahrzeuge gemeint, mit denen man bis Abtenau kam. Dort wechselte man bis Golling an der Salzach auf Postpferde. Der erste kleine Empfang wurde vom dort stationierten General gegeben (der weder als Graf noch als Baron aufscheint, vielleicht aber auch nicht richtig geschrieben wurde). Nach Absolvierung des Gollinger Programms führte der Weg weiter in den Süden über den

Paß Lueg nach dem ebenfalls an der Salzach gelegenen Ort Werfen.
Die an diesem Tag zurückgelegte Wegstrecke belief sich auf knapp achtzig Kilometer. Das stellt eine beachtliche Fahrleistung dar, wenn man bedenkt, daß zwei Pässe überquert wurden und man in Golling einen längeren Aufenthalt nahm.

Mittwoch
3. Heute brachen wir nach 7 Uhr auf und fuhren nach Gastein, wo wir nach 1 Uhr ankamen. Wir besichtigten die hiesigen Bäder und den Wasserfall. Wir speisten gegen 2 Uhr. Nach dem Essen sahen wir das Haus des Onkels Johann an. Dann kauften wir einige Andenken von hier. (Unter anderem kaufte ich auch diese beiliegenden Bilder von den hiesigen Trachten – gestrichen; die Beilagen sind nicht mehr vorhanden*).*

In etwas über sechs Stunden legte man an diesem Tag die rund fünfzig Kilometer lange Strecke zwischen Werfen und (Wildbad) Gastein zurück. Das entspricht – in der gebirgigen Gegend – einem guten Stundenmittel von etwas mehr als acht Kilometern. Der Nachmittag galt diesmal nicht dem weiteren Fortkommen, sondern ausschließlich der Besichtigung des Ortes, da die Reise am nächsten Tag um vier Uhr morgens weiterging.
Mit dem ›*Haus von Onkel Johann*‹ ist Erzherzog Johanns Villa Meran gemeint. Die Namensgebung ›*Gra-*

fen von Meran‹ war durch die morganatische Eheschließung Erzherzog Johanns zustandegekommen, den seine Frau und alle Nachkommen erhielten.

Donnerstag
4. Um 4 Uhr in der Früh fuhren wir mit Einspännern bis zur Aufzugsmaschine (vermutlich ein händisch betriebener Aufzug bei den Tauern). *Von da ritten wir auf Pferden bis zu einem Bauernhaus, wo wir uns mit kaltem Fleisch erfrischten. Dann gingen wir zu Fuß und zu Pferd bis Mallnitz, wo wir aßen. Der Anblick vom* (unleserlich) *und Schleierfall war sehr schön. Wir wurden vom Wetter begünstigt, nur beim Hinaufgehen auf den Mallnitzertauern* (Übergang von Salzburg nach Tirol) *regnete es ein wenig. Von Mallnitz aus fuhren wir (wieder mit Ein- und Zweispännern –* gestrichen) *über den Berg Isel nach Lienz, wo wir um 8 Uhr Abends ankamen.*

Der Wechsel zwischen Märschen, Ritten und Fahrten im Wagen darf nicht verwundern: Die Wege durch die Gebirgsregionen wurden auch zu Wanderungen genutzt. Das Gepäck schickte man in separaten Wagen an einen vereinbarten Ort, der das Ziel des Fußmarsches oder Rittes darstellte.
An diesem Tag wurden insgesamt über siebzig Kilometer zurückgelegt.

Freitag
5. Wir brachen um 6 Uhr in der Früh von Lienz auf, und fuhren nach Cortina (d'Ampezzo), *wo wir aßen. In Cortina war schon der Legat von Belluno, da Coriolano schon italienisch ist. Von Coriolano fuhren wir nach Belluno, wo wir gegen halb 9 Uhr Abends ankamen, dort empfing uns der Feldmarschall Graf Radetzky und noch mehrere andere Herren. Vor unserem Haus spielte die türkische Musik von Kinski* (vermutlich im Auftrag eines Grafen oder Fürsten Kinsky. Wer von den zahlreichen Mitgliedern der beiden Linien Kinsky gemeint ist, läßt sich schwer bestimmen. Da die meisten männlichen Familienmitglieder im Militärdienst standen, können viele von ihnen in Italien stationiert gewesen sein).

Der Legat war vermutlich ein (österreichischer) Verwalter dieser italienischen Region, die damals zur Monarchie gehörte.
Die Bemerkung ›*In Cortina war schon der Legat von Belluno, da Coriolano schon italienisch ist*‹ gibt einige Rätsel auf. Denn es läßt sich nicht klären, ob der Legat nur von Belluno kam, aber aus Coriolano stammte, ob Coriolano die Bezeichnung einer Gemeinde war oder ob Erzherzog Carl Ludwig sich nur geirrt und eigentlich ›*Cortina*‹ gemeint hatte. Wahrscheinlich sollte der Satz heißen: ›*In Cortina war schon der Legat von Belluno, da* CORTINA *schon italienisch ist.*‹ Danach ging es vielleicht weiter nach einem Ort na-

mens CORIOLANO und später nach Belluno, wo die jungen Erzherzoge von Feldmarschall Joseph Wenzel Graf Radetzky empfangen wurden. Er hatte damals das Amt des kommandierenden Generals des Königreichs von Lombardo-Venetien inne.
An diesem Tag legte man innerhalb von vierzehneinhalb Stunden (mit Unterbrechungen) 160 Kilometer zurück: Das bedeutet den bis jetzt stärksten Schnitt von elf Kilometern pro Stunde.

Samstag
6. Um 8 Uhr in der Früh fuhren wir nach Agordo (Hauptort des Cordevole-Tals/it. ›*Val d'Agordo*‹, mit zahlreichen Minen), *wo wir die Stollen besichtigten, die Schachten und die Magazine. In dem Schacht nahmen wir ein Gabelfrühstück. Dann fuhren wir wieder zurück und kamen um halb 5 Uhr in Belluno an. Um 6 Uhr hatten wir eine große Tafel. Der Feldmarschall Graf Radetzky, der Bischof, der General Fürst Taxis, der Feldmarschalllieutenant Baron Hammerstein, der General Schönhals, der Neffe des Papstes* (Gregors XVI.), *der Delegato* (vermutlich ein dort stationierter Repräsentant Österreichs), *der Podestà* (= der Bürgermeister) *und unsere 4 Herrn speisten da. Der Bischof Gava brachte einem Toast aus. Um 8 Uhr gingen wir in das hiesige Theater, was klein aber recht hübsch ist. Es wurde die Oper »Ernani« gegeben. Sie wurde recht gut ausgeführt. Wir blieben nur bis zum zweiten Act.*

An diesem Tag gab es etliche gesellschaftliche Verpflichtungen, die für die drei Erzherzoge (im Alter zwischen zwölf und fünfzehn Jahren) eine nicht mindere Anstrengung als die langen Fahrten bedeutet haben müssen. Als Mitglieder der kaiserlichen Familie unterlagen sie einer Menge von gesellschaftlichen Regeln: Als ranghöchste Gäste hatten sie die Gastgeber und Ehrengäste zu begrüßen und einzeln anzusprechen. Sie mußten zu vorgegebenen Themen passende Konversation führen und sollten – als Abordnung des Regenten – würdig den monarchischen Gedanken vertreten.
Für die zahlreichen militärischen, politischen und kirchlichen Würdenträger, die die Erzherzoge während ihrer Reise durch Italien trafen, gilt, daß nur auf diejenigen eingegangen werden kann, die eindeutig zu bestimmen sind. Denn ohne Vornamen, Titel, Ämter und Ortszuordnungen sind die meisten Personen nicht identifizierbar.

Sonntag
7. Heute um 9 Uhr in der Früh war Kirchparade. Es rückten die Jäger, die Infanterie, die Husaren und eine Batterie von der Artillerie aus. Die Messe las der hiesige Bischof Gava. Die Kirchparade war auf dem Exercirplatz in der Stadt Belluno. Es war ein eigenes Haus von Holz für die Messe gebaut worden. Eine halbe Stunde nach der Kirchparade sahen wir die Merkwürdigkeiten (= Sehenswürdigkeiten) *der Stadt*

Belluno an. Wir gingen Abends wieder in das Theater, und zwar in dieselbe Oper wie gestern, aber wir sahen die zwei anderen Acte an, den 3. und 4., die heute zuerst gegeben wurden (vermutlich wurden sie zu Ehren der Erzherzoge vorverlegt).
Wir sahen die Merkwürdigkeiten der Stadt an: zuerst eine sehr schöne Brücke über die Piave. Der Dom (von Andrea Palladio, 1508–1580), *der auch sehr schön ist, das Munizipalgebäude* (vermutlich ist die aus der Frührenaissance stammende Präfektur gemeint), *worin einige Freschen von Demie sind, die aber nicht hübsch sind. Dann sahen wir das* (unleserlich) *und das Haus, worin der Delegato wohnt, an. Es ist sehr schön. Abends sahen wir noch für uns mit dem Grafen Morzin die Straßen und die Häuser an.*

Mit dem ›*Freskanten Demie*‹ ist Erzherzog Carl Ludwig ein Fehler unterlaufen. Unter diesem Namen wird in den kunsthistorischen Nachschlagewerken nur ein Bildhauer, Paolo Demie, erwähnt, der in Livorno geboren wurde, beinahe ausschließlich dort tätig war und auch dort starb.

Montag
8. Um halb 7 Uhr in der Früh hörten wir die Messe im Dom. Der Bischof las die Messe. Nach 7 Uhr fuhren wir von hier fort, indem wir noch Abschied von dem Feldmarschallieutenant Baron Hammerstein, von dem Fürst Thurn und Taxis und von den Officiers

nahmen. Auf dem Wege von Belluno nach Feltre sahen wir eine sehr hübsche Villa, welche dem Herrn von Manzoni (dem italienischen Schriftsteller Alessandro Manzoni, 1785–1873) *gehört, an, wo sehr hübsche Zimmer und eine kleine Bildergalerie von recht hübschen Bildern ist. In Feltre war eine Ehrencompagnie vom Regiment des Papa ausgerückt. Von Feltre aus fuhren wir nach Posagno* (Richtung Südwesten), *wo uns der hiesige Bischof Canova empfing. Er ist der Stiefbruder von dem berühmten Bildhauer und Mahler Canova* (Antonio Canova, 1757–1833). *Wir sahen dort eine sehr schöne Kirche, deren Plan der Bildhauer Canova selbst entworfen hat, an. Die Kuppel ist sehr schön. Es sind mehrere Freschen auch von Demie dort. Es ist das Grab vom Bildhauer Canova in der Kirche. Die Freschen von Demie stellen alle Apostel vor. Der Bischof führte uns in seine Wohnung, wo einige Gemählde und Statuen von seinem Stiefbruder sind. Dann führte er uns in einen Saal, wo lauter Modelle und Abdrücke von Statuen sind, die sein Bruder gemacht hat. Das Ganze ist sehr schön. Von Posagno aus, fuhren wir nach Bassano, wo wir aßen. Wir kamen gegen halb 6 Uhr Abends an. Es empfing uns der Delegato von Vicenza, Marchese Carlotti, der Vizedelegato, Graf Dandolo und der Bezirkscommissär* (es scheint sich bei den meisten im Text angesprochenen Männern um Lokalpolitiker oder österreichische Abgesandte zu handeln). *Die speisten bei uns.*

An diesem Tag ging es – trotz des dichten Kulturprogramms – um mehr als einhundert Kilometer weiter.

Dienstag
9. Um 3/4 auf 7 Uhr in der Früh fuhren wir von Bassano fort und fuhren nach Primolano (ein Stück des Weges zurück in Richtung Feltre), *Borgo und Pèrgine* (weiter in Richtung Westen), *wo ein Pferd des Postillions vom dritten Wagen stürzte. Es schund sich auf, so daß es nicht mehr fort konnte, und da es vier Pferde früher waren, sie nur mit 3 fahren konnten. Beim ersten Wagen stürzte eines von den mittleren Pferden. Beim zweiten Wagen stürzte im Stehen das* (unleserlich) *Pferd. Wir kamen gegen 4 Uhr Nachmittags in Trient an. Wir konnten noch nicht gleich essen, weil der dritte Wagen erst später nachkam, und es dauerte auch ziemlich lang, bis das Essen angerichtet war. Es speiste bei uns der Platzmajor, der Kreishauptmann und der Major vom Generalstab, Baron Handel. Abends gingen wir in das hiesige Theater. Es ist groß; aber etwas düster, es wurde eine Comédie* (ein Lustspiel), *die ziemlich schlecht war, gegeben. Wir blieben nur bis zum zweiten Act.*

Trotz der zahlreichen Unfälle betrug die Tagesleistung über einhundert Kilometer.

Mittwoch
10. Heute um 9 Uhr in der Früh sahen wir das alte Schloß (die über der Stadt gelegene ehemalige Residenz der Fürstbischöfe), *in welchem sehr schönen Freschen sind, an. Die Domkirche und die Kirche, worin das Concilium* (das im 16. Jahrhundert stattfindende ›*Tridentiner Konzil*‹, das die Gegenreformation einleitete) *war, sahen wir an. Dann eine neue Straße, wo eine sehr schöne Aussicht ist. Um 1 Uhr speisten wir, und nach dem Essen fuhren wir nach Rovereto* (etwa 25 Kilometer im Süden von Trient), *wo wir gegen halb 4 Uhr ankamen. Um 4 Uhr fuhren wir zu den Seidenfabriken, die in der Nähe der Stadt sind. Als wir diese sahen, nahmen wir in einem Garten, der dort in der Nähe ist, etwas Obst. Dann gingen wir zum Herzog von Modena und zu seinen Töchtern, sie sind heute Nachmittag hier angekommen. Sie waren gerade beim Essen; übrigens wir gingen hinein und blieben bei ihrem Essen. Der Herzog von Modena machte uns auch die Gegenvisite. Abends war* (Fest)*Beleuchtung. Wir gingen auch hinunter, sahen die Modenenser unten und gingen mit ihnen spazieren.*

Dieser Tag galt der Kultur und der Erholung. Man legte knappe vierzig Kilometer zurück und verbrachte den Nachmittag und Abend mit Verwandten, den Mitgliedern der Familie des Herzogs von Modena (aus dem Haus Habsburg-Lothringen).

Donnerstag
11. Heute brachen wir um 5 Uhr in der Früh auf, fuhren mit Landwägen nach Riva (einem belebten Hafenort am Nordrand des Gardasees), *wo wir um 8 Uhr in der Früh ankamen. Dort sahen wir zwei Kirchen an und fuhren dann mit dem Dampfschiff Benaco auf dem Gardasee, der sehr schön ist und eine sehr schöne blaue Farbe hat* (diese Bemerkung findet sich sogar im zeitgenössischen Baedeker), *zur Villa Bettoni, wo wir abstiegen. Dann fuhren wir nach Desenzano* (ebenfalls am Gardasee gelegen), *wo wir gegen halb 1 Uhr ankamen. Dort fanden wir den Onkel Rainer* (Erzherzog Rainer, Vizekönig von Lombardo-Venetien) *mit seinem Sohn Rainer. Wir speisten bei ihm. Eine Stunde ungefähr nach dem Diner fuhren wir fort von Desenzano nach Verona, wo uns der Feldmarschall Graf Radetzky empfing. Ehrencompagnie von Herbert*(?) *war aufgestellt. Dann machten wir unsere Visiten den Modenensern.*

Ob die Zusammenkünfte mit den Verwandten und Feldmarschall Radetzky geplant waren oder ob sie zufällig zustandekamen, ist nicht überliefert. Man darf aber ersteres annehmen, da Erzherzogin Sophie ihre Kinder immer in sicherer Obhut wissen wollte. Zudem handelte es sich bei den jungen Reisenden um den nächsten Kaiser von Österreich und seine Brüder. Im Fall des Todes von Franz Joseph wären sie seine logischen Nachfolger gewesen, weshalb man also auch

von Seiten des Hofes darauf bedacht war, die Risiken so gering wie möglich zu halten. Deshalb läßt sich leicht denken, daß vor allem Feldmarschall Graf Radetzky als Beobachter und Schirmherr der jungen Erzherzoge eingesetzt war.
An diesem Tag wurden beinahe 140 Kilometer zurückgelegt.

Freitag
12. Nach 3/4 8 Uhr in der Früh gingen wir zu den Modenensern, die heute fortgehen (und wie die jungen Erzherzoge nach Venedig weiterreisten). *Wir machten unsere Abschiedsvisite. Um 8 Uhr gingen wir in die Messe in die Kirche St. Anastasia* (die an der Etsch gelegene gotische Dominikanerkirche). *Um 9 Uhr sahen wir die Kirche St. Anastasia näher an. Dann fuhren wir in die Domkirche* (eine romanische Basilika) *zur Brücke des alten Schlosses* (aus dem 14. Jahrhundert), *dann in die andere Kirche* (wegen der großen Anzahl der Kirchen schwer zu bestimmen), *den Palazzo dei arti* (den ›*Kunstpalast*‹), *die Arena von Außen* (das im 3. Jahrhundert errichtete Amphitheater), *die Grabmähler der Scaligeri* (deutsch: ›*Skaliger*‹, ein ghibellinisches Fürstengeschlecht, das von der Mitte des 13. Jahrhunderts bis 1387 die Region beherrschte), *die Pinakothek, die römischen Antiquitäten* (= Altertümer). *Um 2 Uhr aßen wir mit dem Delegato und dem Podestà. Gegen halb 3 Uhr kam der Cecco mit der Adelgunde* (der Sohn des Herzogs Franz IV. von

Modena, Francesco = Cecco, und seine Frau) *hier an. Gegen Ende des Essens kam der Cecco zu uns. Bald nach dem Essen gingen wir mit ihm zur Adelgunde. Dann sahen wir* (die folgenden drei Sehenswürdigkeiten unleserlich), *den Kirchhof* (?) *und zuletzt bei Mondschein das Innere der großen und schönen Arena. Bis ganz hinauf sind 54 Stufen und 64 Löcher* (= Einlaßtore), *wo die Leute herauskommen, wenn eine Vorstellung gegeben wird. Um 9 Uhr Abends gingen wir bei Mondschein in der Stadt herum. Es war sehr unterhaltend. Wir sahen von außen das Theater. Dann sahen wir wieder, aber mit Mondschein beleuchtet, die Grabmähler der Scaligeri.*

Samstag
13. Gegen 9 Uhr in der Früh bei sehr schlechtem Wetter sahen wir ein kleines Artilleriemanöver (noch immer in Verona), *ein Brückenschlagen von dem* (unleserlich) *über die Etsch und die Fortification* (Befestigung) *an. Auf dem Fort San Leonardo gab uns der Graf Radetzky ein Diner. Nach diesem fuhren wir nach Hause.* (*Ich hatte schon früher heftiges Kopfweh.* – gestrichen) *Zwischen 6 und 7 Uhr legte ich mich wegen starkem Kopfweh nieder. Die Brüder gingen noch in das hiesige Theater, welches beleuchtet war.*

Sonntag
14. Um 9 Uhr in der Früh gingen wir in die Messe in die Kirche St. Anastasia (wie am 12. September). *Eine*

Stunde nach der Messe gingen wir in ein römisches Theater, welches im Jahr 36 ausgegraben wurde. Man sieht noch eine Loge, in welcher noch der Nahme von der Eigenthümerin der Loge zu lesen ist. Dann gingen wir in die zwei Kirchen St. Giorgio (in Braida) *und Sta. Maria in Organo. Wir gaben ein militärisches Diner von 28 Personen. Nach dem Essen sahen wir die Arena und die Kirche San Michele an, (die sehr schön ist. –* gestrichen) *Um 8 Uhr gingen wir in das Theater, welches beleuchtet war. Es wurde eine Comédie gegeben, welche »La strada di ferro«* (»Die Eisenstraße«) *heißt. Wir blieben nur bis zum Ende des ersten Acts.*

Montag
15. Heute um 7 Uhr in der Früh fuhren wir von Verona nach Vicenza (etwas mehr als 50 Kilometer), *wo wir um 11 Uhr ankamen. Wir sahen die Merkwürdigkeiten von Vicenza an, so als wie: die Kirche St. Maria del Monte, zu welcher eine Galleria von 1044 Schritten führt, die Eisenbahnwerke und den Kirchhof. Um 3 Uhr speisten wir mit dem Vicedelegato und mit dem Podestà. Abends gingen Maxi und ich mit dem Grafen Bombelles in der Stadt herum.*

Dienstag
16. Heute in der Früh um 7 Uhr gingen wir in die Kirche St. Stefano die Messe hören. Um 8 Uhr gingen wir die Merkwürdigkeiten der Stadt ansehen: als (im Sinn von ›*wie*‹) *die Kirche St. Lorenzo, die Domkirche* (ein

gotischer Bau), *die restauriert wird, dann die Bibliothek, die Pinakothek, das olympische Theater gebaut von Palladio* (vgl. mit der Eintragung vom 7. September), *das Institut für Mädchen, die Dienstbothen werden, und römische Alterthümer. Nach 10 Uhr reisten wir von Vicenza fort nach Padua* (knappe vierzig Kilometer). *Dort empfing uns der Graf Pálffy, Gouverneur von Venedig* (Graf Alois Pálffy von Erdöd, k.k. Kämmerer und Gouverneur von Venedig), *der General Baron Dasper, der Podestà und der Delegato und noch mehrere Officiere. Wir speisten um 2 Uhr. Als Gäste waren, der General Baron Dasper, der Fürst Fritz Liechtenstein, Oberst von (...)husaren* (Prinz Friedrich von und zu Liechtenstein, k.k. Generalmajor, der Armee in Italien zugeteilt), *der Delegato und der Podestà. Nach dem Essen sahen wir die Kirche St. Antonio* (eine mächtige Pfeilerbasilika aus romanischen, gotischen und byzantinischen Stilformen), *die sehr schön ist, dann die Sternwarte, von welcher aus man mit seinem Auge den Markusthurm in Venedig* (= den Campanile) *sieht, ferner den botanischen Garten* (den ältesten Europas), *die Kirche Sta. Giustina* (einen Bau der Hochrenaissance), *das Invalidenhaus und das Caffè Pedrocchi* (1831 erbaut, damals das größte Kaffeehaus Europas). *Um 8 Uhr gingen wir in das Theater, welches beleuchtet war.*

Mittwoch
17. Um 7 Uhr in der Früh hörten wir die Messe in der

Kirche St. Antonio. Der hiesige Bischof las die Messe. Um 8 Uhr fuhren die Brüder zu einem Manöver. Ich blieb aber zu Hause, weil ich Abweichen und Bauchgrimmen (eine Magen- und Darmgrippe) *hatte. Ich ging, während die Brüder beim Manöver waren, mit dem Grafen Morzin etwas in der Stadt herum. Eine halbe Stunde, nachdem die Brüder vom Manöver zurückgekommen waren, sahen wir wieder Merkwürdigkeiten an z.B. die Domkirche, den Saal della Ragione* (gemeint ist der im 15. Jahrhundert umgebaute Saal des ›*Salone*‹ oder ›*Palazzo della Ragione*‹, 1172–1219 als Gerichtsgebäude errichtet), *der nach meinem Zählen der Schritte nach der Länge 115 und nach der Breite 45 Schritte hat* (er ist 81 mal 27 Meter lang), *und noch die Universität. Um 2 Uhr gaben wir ein großes Diner von 21 Personen: der hiesige Bischof, der Feldmarschallieutenant Baron Dasper, der Conte Cittadella, der Oberst Fürst Fritz Liechtenstein, der Delegato, der Podestà, der Oberstlieutenant, der Major und der Ordonnanzofficier von (...)husaren, zwei Artillerieofficiere, der Rector Magnificus* (der Universitätsvorstand), *der President von der Justitz und unsere 4 Herren. Bald nach dem Essen fuhren wir in die Abtei Praglia* (eine im 11. Jahrhundert gegründete Benediktinerabtei, westlich von Padua), *wo ein sehr schöner Keller ist. Als wir nach Hause kamen, spielte die Musik der Husaren. Beim Thee waren der Feldmarschallieutenant und der Fürst Fritz Liechtenstein.*

Donnerstag
18. Heute um 7 Uhr in der Früh hörten wir die Messe in der Kirche St. Antonio. Die Messe las der Erzbischof von Wien, der gestern hier ankam. Nach der Messe frühstückte der Erzbischof bei uns. Um 9 Uhr sahen wir zwei Kirchen und zwei Mädcheninstitute an. Nach halb 12 Uhr fuhren wir nach Strà (zwischen Padua und Venedig gelegen), *wo uns der Graf und die Gräfin Pálffy* (Sophie, geborene Prinzessin Jablonowska, Palastdame) *empfingen. Es ist ein sehr schönes Schloß* (die Villa Pisani mit Fresken von Giovanni Battista Tiepolo, 1696–1770), *welches dem Kaiser* (Ferdinand I., dem Onkel Erzherzog Carl Ludwigs) *gehört; aber welches der Graf Pálffy bewohnt* (vermutlich in seiner Funktion als Gouverneur von Venedig). *Wir gingen in den dortigen Garten, welcher sehr schön ist, und wo sehr schöne und große Zitronen sind. Nachdem wir den Garten besichtigt hatten, zogen wir uns an* (= zogen wir uns um) *und gingen zu Tisch. Nach dem Essen fuhren wir nach Fusina* (einem am Meer liegenden Ort), *wo Fritz* (Erzherzog Friedrich, der – wie früher erwähnt – als Marineoffizier in Venedig lebte) *auf uns wartete. Wir fuhren mit ihm in einem Marineboot nach Venedig* (von Padua über Fusina nach Venedig legte man insgesamt etwa dreißig Kilometer zurück). *Schon auf dem Weg nach Fusina sahen wir die Stadt Venedig. Wir fuhren durch den Canal Grande und stiegen beim Gasthaus Danieli* (im bis heute bestehenden Hotel Danieli) *ab. Dort empfing uns der*

Gouverneur (Graf Pálffy), *der schon von Strà aus vorausgefahren ist und noch mehrere Officiere. Nachdem alle Herren vorgestellt wurden, gingen wir mit dem Fritz zur Königin von Griechenland, die auch ungefähr um dieselbe Zeit als wir, hier ankam. Ihr Vater, der Großherzog von Oldenburg* (August), *ihre Schwester* (Prinzessin Friederike), *ihr Bruder, der Erbprinz von Oldenburg* (Peter, später als Großherzog Peter II.), *sind auch mit ihr hier angekommen. Auf der Riva degli Schiavoni, die vor unserem Fenster ist, sind sehr viele Menschen. Um 8 Uhr kam Fritz zu uns. Wir gingen bei Mondschein und bei Gasbeleuchtung die schönen Boutiquen und den Markusplatz ansehen, welcher sehr schön ist. Wir fuhren auch mit Gondeln auf dem Canal Grande herum.*

Im Zusammenhang mit der Königin von Griechenland sei darauf verwiesen, daß das Land und Königtum erst seit einigen Jahren bestand. Es hatte 1829 die Unabhängigkeit von der Türkei erlangt und wurde anschließend zwei Jahre lang von einem Grafen Kapodistrias verwaltet. 1832 wurde Griechenland durch einen in London abgeschlossenen Vertrag Prinz Otto von Bayern, Bruder König Maximilians II. und Vetter Erzherzog Carl Ludwigs, unterstellt. Er bestieg den Thron 18jährig zu Beginn des Jahres 1833, trat die Regierung aber erst nach erlangter Volljährigkeit mit zwanzig Jahren an. 1836 heiratete er Prinzessin Amalie von Oldenburg, die sich mit ihrer Familie zur selben Zeit wie Erzherzog Carl Ludwig und seine Brüder in Venedig aufhielt.

Freitag
19. Um 8 Uhr in der Früh kam der Fritz zu uns. Wir gingen mit ihm in die Markuskirche (die im 11. Jahrhundert nach byzantinischem Vorbild errichtete Kirche), *wo wir die Messe hörten. Nach der Messe sahen wir die Kirche erst näher an. (Sie ist eine der schönsten* – gestrichen.) *Dann gingen wir in den Palazzo Ducale* (= Dogenpalast, der im Jahr 814 zum ersten Mal als Sitz des Dogen erwähnt wurde) *und (Palazzo) Reale* (ebenfalls am Markusplatz gelegenen Königspalast aus dem 16. Jahrhundert). *Um 2 Uhr speisten wir beim Fritz. Das Essen war recht gut. Bald nach dem Essen gingen wir in das Erziehungshaus für die Marine. Heute in der Früh kam ein französisches Kriegsdampfschiff mit Nahmen Cuvier an. Um 8 Uhr Abends fanden wir den Fritz und dann später auch die Königin von Griechenland mit ihrem Vater, Bruder, Schwester und Suiten auf dem Markusplatz. Dann fuhren wir mit unseren Herren ohne Fritz in Gondeln auf dem Canal Grande herum. Eine recht gute Musik und Gesang begleiteten uns.*

Samstag
20. Um 7 Uhr Früh kam Fritz zu uns und wir gingen mit ihm im Marineschiff auf das Schiff Tritone, welches gestern von Tunis ankam. Die Mannschaft exercirte

vor uns. Dann gingen wir, auch mit dem Fritz, zum Großherzog von Oldenburg, der uns nicht empfing. Nach dieser Visite fuhren wir ohne Fritz ins Franziskanerkloster (das bei der gotischen Franziskanerkirche I Frari gelegene Kloster), *welches neben dem Kirchhof ist, ansehen. Dann gingen wir in drei Glasfabriken und in das Mädcheninstitut des Abbé Canale. Nachdem fuhren wir zum Fritz, der uns zu dem hiesigen Cardinal führte. Dann fuhren wir zum Essen, welches bei uns um 2 Uhr war. Bei uns speisten Fritz, General* (Freiherr Wilhelm) *Lebzeltern* (Vorsteher des Hofstaates von Erzherzog Friedrich), (Johann Ritter) *Marinowich, Oberst von der Marine* (ebenfalls ein Gefolgsmann von Erzherzog Friedrich), *Graf Pálffy, Graf Zichy, Graf Thurn, der hiesige Delegato* (Graf Johann Baptist Thurn-Valsassina, k.k. Kämmerer, Geheimer Rat, Hofrat und Delegat in Venedig), *der Podestà und unsere 4 Herren. Nach dem Essen fuhren wir alle mit Fritz in seiner Hofgondel sein neues Haus, welches noch nicht fertig ist, ansehen. Es wird recht hübsch werden. Dann fuhren wir mit Begleitung der Herren, die später nachkamen, in die Kirche St. Maria di Salute* (die am Canal Grande gelegene barocke Kuppelkirche), *wo uns der Cardinal empfing. Nachdem fuhren wir nach Hause und gingen einkaufen.*

Sonntag
21. Heute um 9 Uhr in der Früh hörten wir die Messe in der Markuskirche. Dann sahen wir einige Sachen an

so wie: die Academia delle belle arte (= Bildergalerie), *das Spital* (das Ospedale Civile), *die Kirche di Sti. Giovanni e Paulo* (die daneben gelegene gotische Kirche). *Um 2 Uhr speisten wir beim Fritz. Es speisten dieselben Herren als gestern, auch Monsieur Touchard, Capitain* (Kapitän) *vom französischen Schiff, bei ihm. Um 5 Uhr fuhren wir mit dem Fritz in Gondeln zum Corso von* (unverständlich). *Er war recht hübsch. Um 8 Uhr nahm Fritz bei uns den Thee und um halb 9 Uhr gingen wir in das Theater, wo die Oper* (unleserlich) *gegeben wurde.*

Montag
22. Um 7 Uhr in der Früh holte uns Fritz ab, und fuhren wir mit ihm im Marineboot zur Pfarrkirche der Marine. Wir hörten dort die Messe, nach welcher wir das Arsenal (aus der Renaissance), *welches das schönste in Europa ist, ansahen. Wir nahmen* (= aßen) *etwas Weniges im Arsenal. Nachdem fuhren wir, das Admiralschiff und das französische Schiff, mit Nahmen Cuvier, ansehen. Der Capitain Touchard führte uns überall herum. Um 2 Uhr gaben wir ein großes Diner von 22 Personen. Auch Fritz speiste da. Um halb 5 Uhr fuhren wir mit der Gondel des Fritz zum Lido. Dort war ein kleines Volksfest. Es flogen Ballons. Wir sahen zum ersten Mahl das Meer. Es waren sehr viele Leute. Im Nachhausefahren sahen wir das Schiff Montecuccoli an, auf welchem junge Leute von der Marineschule ankamen. Nach dem Thee gingen wir zum Gra-*

fen Pálffy, wo der Fritz, die Königin von Griechenland mit ihrem ganzen Hof und noch mehrere andere Herren waren.

Dienstag
23. Wir frühstückten heute gegen halb 8 Uhr in dem Garten des Fritz. Es frühstückte dort der Graf Zichy, der Graf Pálffy, der Graf Thurn, der General Baron Lebzeltern, der Generalmajor Weigelsperg (Friedrich Freiherr von Weigelsperg, k.k. Generalmajor, dem Kriegsministerium zugeteilt), *der Baron* (unleserlich), *Hauptmann vom* (unleserlich), *ein Major von der Artillerie, ein Oberst von der Marine, der Arsenalkommandant, ein Oberstlieutenant vom* (unleserlich), *der Bruder vom Baron Gorizzutti, Platzmajor in Chioggia* (vermutlich der jüngere – im Militärdienst stehende – Bruder Johann Nepomuk Baron Gorizzutti). *Nach dem Frühstück sahen wir einige Forts und ein Wachschiff an. Um 2 Uhr aßen wir bei* (unleserlich) *von der Küche der Grafen Zichy. Es speisten alle die Herren, die beim Fritz frühstückten, und dann noch mehrere andere Militärs. Das Essen war sehr gut. Nachdem sahen wir noch ein Fort an und fuhren dann nach Hause. Um halb 9 Uhr gingen wir in das Theater, wo sich Bosco, der berühmte Taschenspieler* (der Rest fehlt). *Es war recht unterhaltend.*

Mittwoch
24. Heute sahen wir die Eisenbahnbrücke, die Kirche dei

Scalzi (die danebenliegende Kirche der Barfüsser aus dem 17. Jahrhundert), *und den Palast von der Herzogin von* (unleserlich) *an. Um halb 2 nahmen wir ein Gabelfrühstück. Um 5 Uhr fuhren wir zum Fritz, wo gegen 6 Uhr gegessen wurde. Es speiste der ganze griechische und oldenburgische Hof, der Graf Pálffy, der Graf Dandolo, der Oberst Marinowitsch, der Graf Coronini, der Graf Morzin und der Baron Lebzeltern da.*

Donnerstag
25. Heute sahen wir die Kirchen del Redentore (die von Palladio erbaute Erlöserkirche), *dei Frari* (die aus dem 13. Jahrhundert stammende Kirche Santa Maria gloriosa dei Frari) *und die Kirche St. Rochus* (= San Rocco) *und das typographische Institut an. Gegen halb 3 Uhr machten wir mit dem Fritz unsere Abschiedsvisite der Königin von Griechenland, dem Großherzog und dem Erbprinzen von Oldenburg, die wir nicht zu Hause fanden. Um halb 3 Uhr speisten wir mit Fritz und mit noch unseren anderen Herren beim Grafen Pálffy. Die Gräfin Pálffy speiste auch dort. Gegen 5 Uhr gingen wir zum Grafen Zichy, wo wir sahen, wie ein Franzose mit Nahmen Arban mit einem Luftballon in die Höhe stieg. Es war interessant zu sehen. Der Spectacel geschah auf dem Campo St. Stefano* (auf dem Platz vor der gotischen gleichnamigen Kirche). *Wir fuhren dann mit Gondeln auf den Canal* (della) *Giudecca, um ihn noch weiter zu sehen. Nachdem gingen wir mit dem Grafen Morzin auf den*

Markusplatz und die schönen Boutiquen ansehen. Bald nachdem wir nach Hause kamen, machte uns der Großherzog (von Oldenburg) *und der Erbprinz die Gegenvisite.*

Freitag

26. Gegen 6 Uhr fuhren wir fort von Venedig (auf dem Meerweg etwa 120 Kilometer südöstlich) *nach Pola* (dem in Istrien liegenden Sitz der österreichischen Kriegsmarineverwaltung). *Der Graf Pálffy und der Podestà nahmen noch Abschied von uns. Fritz fuhr auch mit uns. Ich hatte kein Meerübel* (= wurde nicht seekrank). *Gegen 11 Uhr nahmen wir ein Gabelfrühstück. Um 2 Uhr aßen wir mit dem Fritz und mit allen Herren, die auf dem Schiff sind. Das Meer war sehr ruhig. Um halb 5 Uhr kamen wir nach Pola, wo uns der Graf Stadion, Gouverneur von Triest, der Feldmarschallieutenant Baron Piret, der Generalmajor Baron Wimpffen und mehrere andere Officiere empfingen. Wir gingen mit ihnen die Merkwürdigkeiten der Stadt ansehen so wie: zwei römische Tempel, wovon der eine Augustustempel* (19 v. Chr. erbaut), *der andere Dianatempel* (dieser Tempel ist kunsthistorisch nicht sicher zugeordnet) *heißt, dann die Thore Aurea* (ein im korinthischen Stil errichtetes Ehrentor), *Erculea, Gemine* (die beiden letzteren von etwa 150 n. Chr. waren erst kurz vor der Tagebucheintragung freigelegt worden) *und noch zwei moderne Thore. Im Augustustempel sind noch mehrere Ausgra-*

bungen, welche auf dem Befehl des Kaisers (seines Onkels, Kaiser Ferdinand) *geschehen. Dann sahen wir noch einige Fortificationen und die Arena* (um 150 n. Chr. errichtet) *an, die sehr schön ist und höher als die von Verona ist. Nachdem gingen wir in den Dom* (eine dreischiffige Basilika aus dem 15. Jahrhundert), *der beleuchtet war. Nachdem sahen wir von Weitem die Arena an, die auch sehr schön beleuchtet war. Der Effect war wirklich sehr schön. Dann fuhren wir mit dem Marineboth auf das Dampfschiff Lloyd* (das regelmäßig zwischen Triest und Pola verkehrte), *welches mit Ballons beleuchtet war. Bauern und Bäuerinnen aus der Umgegend tanzten da. Sie waren recht hübsch gekleidet. Nachdem fuhren wir wieder auf die Marianna* (vermutlich das Marineschiff), *wo wir beim Fritz den Thee nahmen. Die ganze Kost war von der Küche des Fritz. Wir mußten die Nacht auf dem geankerten Schiff zubringen, weil in Pola kein einziges gutes Gasthaus ist.*

Samstag
27. Heute, um (gelöscht) *Uhr in der Früh ging das Schiff weiter nach Triest* (etwa 100 Kilometer in nördliche Richtung), *während wir schliefen. Gegen 6 Uhr standen wir auf, und als wir auf das Verdeck kamen, so regnete es. Dieser Regen dauerte immer fort. Um 10 Uhr nahmen wir ein Gabelfrühstück. Zwischen 12 und 1 Uhr kamen wir in Triest an, wo uns der Gouverneur, der Feldmarschallieutenant Baron Piret, der*

Generalmajor Baron Wimpffen und noch mehrere andere Officiere empfingen. Zuletzt goß es so auf dem Schiff, daß einem die Tropfen im Gesicht weh gethan haben. Es war ein (unleserlich) *auf dem Schiffe, der einen englischen Marsch auf der Flöte blies. Der Commandant des Schiffes hieß Lambelli. Die anderen Officiere waren: der Oberlieutenant Wisiak, Vicecommandant, und der Lieutenant Pongraz. Auch war ein Cadett mit Nahmen Simonis. Das Dampfschiff Lloyd begleitete uns. Später fuhr es uns vor. Als wir hier ankamen, legten wir uns in's Bett, um uns zu erwärmen; denn unsere Füße waren ganz naß. Wir stiegen im Gasthaus zum Fürsten Metternich ab. Nach 3 Uhr aßen wir mit dem Fritz, dem Gouverneur, dem Baron Piret, dem Baron Wimpffen, dem Bruder vom Grafen Morzin* (Vincenz Graf Morzin, k.k. Kämmerer, in Triest lebender Militär), *dem Baron Lebzeltern, dem Marinowitsch und unsere 4 Herren. Der Graf Bombelles ging auf dieser Seereise nicht mit, weil er in Venedig nicht wohl war, sondern er ging den halben Tag als wir* (= wie wir) *von Venedig geradeaus zu Land nach Triest. Bald nachdem wir ankamen, fanden wir ihn hier. Nach dem Essen reiste Fritz mit dem Extraeilwagen durch die Nacht nach Venedig. Morgen in der Früh kommt er in Venedig an. Heute Abends haben wir (starken Wind, welchen man) Bora (nennt* – gestrichen). *Um halb 8 Uhr gingen wir in das Theater, wo die Oper Medea (die sehr langweilig war* – gestrichen) *gegeben wurde.*

Sonntag
28. Um 9 Uhr gingen wir in die Kirche St. Antonio (eine im 19. Jahrhundert im griechisch-klassizistischen Stil erbaute Kirche), *wo wir die Messe hörten. Nachdem sahen wir die Börse* (ein klassizistisches Gebäude vom Beginn des 19. Jahrhunderts), *in welcher eine Bildergalerie sich befindet. Unter anderem ist dort ein sehr schönes Bild von Horace Vernet* (französischer Militärmaler und Lithograph, 1789–1863), *ferner besichtigten wir das Armenhaus, das Spital, die Befestigung, das Tergesteum* (nach dem römischen Namen Triests ›*Tergeste*‹, ein riesiges Gebäude mit straßenseitigen Läden, im Inneren – durch vier in Kreuzform angelegte Gänge – als Galerie angelegt), *die Domkirche* (vermutlich die Cattedrale S. Giusto, eine durch Vereinigung zweier Kirchen im 6. Jahrhundert entstandene Basilika), *die Jesuitenkirche* (Santa Maria Maggiore aus dem Barock) *und das Castel* (das zwischen dem 15. und 18. Jahrhundert am Kastellberg errichtete Schloß). *Eine halbe Stunde, nachdem wir Alles sahen, fuhren wir nach* (unleserlich), *eine Promenade der Triestiner. Um halb 8 Uhr gingen wir in das Theater Mauroner, wo eine Comédie gegeben wurde.*

Montag
29. Heute sahen wir das neue und das alte Lazarett, den Leuchtturm (am südwestlichsten Molo) *der 157 Stufen und in der Laterne 32 Lampen hat, an. Ferner*

den Molo, der gerade im Bau begriffen ist (die Hafenanlage wurde erneuert und war übrigens dreißig Jahre später noch nicht vollendet), *und endlich das Arsenal vom Lloyd* (der 1833 gegründeten Dampfschiffahrtsgesellschaft). *Um 12 Uhr speisten wir, und nach dem Essen reisten wir nach Adelsberg* (heute: Postojna, achtzig Kilometer östlich von Triest). *Auf dem Weg ist eine sehr schöne Aussicht auf das Meer und auf die Stadt Triest. Dieser Punkt heißt Opcina* (damals auch: Obtschina, heute: Opicina). *Nach 6 Uhr Abends kamen wir in Adelsberg an, wo uns der Baron Weingarten, der Gouverneur von Illyrien empfing. Bald nachdem wir ankamen, fuhren wir zur Adelsbergergrotte* (die Tropfsteinhöhlen besichtigen), *die ungeheuer groß und lang ist. Sie war sehr schön beleuchtet und ist ganz aus Tropfstein. In den Steinen sind* (*viele Ähnlichkeiten zu bemerken* – gestrichen) *eine Menge Formationen, die einen an Gegenstände mahnen so wie: der ›Dom‹, das ›Turnier‹ und der ›Tanzplatz‹, die ›natürliche Brücke‹, die ›große und kleine Kanzel‹, der ›Beichtstuhl‹, der ›Hochaltar‹, die ›Glocke‹, das ›Gefängnis‹, der ›Vorhang‹, der* (unleserlich), *die ›Vereinigung zweier Herzen‹ und das ›Fenster‹. Sie ist die schönste Grotte in der oesterreichischen Monarchie. Als wir nach Hause kamen, nahmen wir ein Souper: der Kreishauptmann, der Graf Coudenhove und ein Oberlieutenant von* (unleserlich) *soupirten bei uns.*

Dienstag
30. Um 8 Uhr fuhren wir von Adelsberg nach Laibach (heute: Ljubljana, etwas mehr als fünfzig Kilometer in nördlicher Richtung), *wo wir um halb 1 Uhr ankamen. Um 2 Uhr aßen wir mit dem Gouverneur von Illyrien, dem hiesigen Bischof, dem Hofrath vom hiesigen Goubernium, dem Feldmarschallieutenant Ludolf, dem Oberst von* (unleserlich), *dem Vicepräsident vom Goubernium und dem Ordonnanzofficier. Nach dem Essen sahen wir das Museum* (mit naturhistorischen Sammlungen) *und die Aussicht von dem Castel* (ein weitläufiges die Stadt überragendes Schloß, das im 19. Jahrhundert als Gefängnis diente). *Abends gingen wir in's Theater. Es wurden drei Stücke gegeben: ›Der letzte April‹, ›das letzte Fensterl‹ und ›Hinüber und Herüber‹.*

October. 1845.

Mittwoch
1. Heute um 7 Uhr in der Früh fuhren wir von Laibach nach Cilli (heute: Celje, etwa neunzig Kilometer nordöstlich), *wo wir aßen. Nach dem Essen fuhren wir nach Marburg* (heute: Maribor, circa siebzig Kilometer in Richtung Nordosten), *wo wir gegen 8 Uhr Abends ankamen. Wir sahen die Louisa Bombelles* (eigentlich Maria Ludovica, die damals neunjährige Tochter des Erziehers Graf Heinrich Bombelles), *die mit ihrer Cousine Marie* (der 26jährigen Tochter von Graf Charles René Bombelles aus dessen erster Ehe mit Gräfin Caroline Cavanac) *nach Parma reist.*

Wie früher erwähnt stand Graf Heinrich Bombelles als k.k. Kämmerer in Diensten Erzherzog Franz Carls und betreute als Ajo dessen Söhne Franz Joseph, Ferdinand Maximilian und Carl Ludwig. Graf Bombelles ältester Bruder Charles René bekleidete das Amt des Obersthofmeisters am herzoglichen Hof zu Parma und wurde 1834 der dritte Ehemann der dort regierenden Herrscherin. Bei der Regentin handelt es sich um die im Text oft zitierte ›*Tante Louise von Parma*‹ (geborene Erzherzogin von Österreich und Witwe nach Kaiser Napoleon I.). Durch diese Verbindung war die 26jährige Gräfin Marie Bombelles eine Stiefcousine Erzherzog Carl Ludwigs. Die Reise nach Parma galt demnach dem Besuch ihres Vaters. Ihre Stiefmutter, Herzogin Louise von Parma, befand sich – wie der nächsten Eintragung zu entnehmen – zu diesem Zeitpunkt in Graz. Da sie früher ihre Verwandten in Wien besucht hatte, läßt sich annehmen, daß auch sie in Richtung Parma unterwegs war.

Donnerstag
2. Um halb 7 reisten wir von Marburg nach Gratz (65 Kilometer in nördliche Richtung). *Auf dem Wege besichtigten wir die Eisenbahnarbeiten. Um 1 Uhr kamen wir in Gratz an, wo uns der Graf Wickenburg, Gouverneur von Steiermark* (Matthias Graf Wickenburg, k.k. Kämmerer, Geheimer Rat und Gouverneur von Steiermark), *empfing. Kurz nach unserer Ankunft kam der Onkel Johann* (der in der Steiermark lebende

Erzherzog Johann, ein Großonkel Carl Ludwigs) *und die Tante Louise* (Herzogin Louise von Parma) *zu uns. Wir speisten beim Onkel Johann, wo auch die Tante Louise mit ihren Suiten aß. Nach dem Essen gingen wir mit dem Onkel Johann, mit seinem Sohn* (dem ein Jahr später in den Grafenstand erhobenen Franz Meran) *und mit unseren 4 Herren sein neues Haus* (das in der Leonhardstraße befindliche spätere Palais Meran, mit dessen Bau 1841 begonnen worden war), *welches noch nicht vollendet ist, ansehen. Dann gingen wir auf den Rosenberg* (einen Ausflugsberg der Grazer), *wo wir die Tante Louise und die Baronin Brandhof* (die morganatisch angetraute Ehefrau Erzherzog Johanns, Geborene Anna Plochl) *fanden. Dort ist eine sehr schöne Aussicht. Abends gingen wir in's Theater* (in das neben der Burg gelegene, 1823 von Pietro von Nobile erbaute Schauspielhaus. Nobile, 1774–1854, war italienischer Architekt und Ingenieur und der Erbauer des in Wien an der Ringstraße gelegenen Äußeren Burgtors), *wo die Oper »Czaar und Zimmermann« gegeben wurde.*

Freitag
3. Um 7 Uhr in der Früh reisten wir auf der Eisenbahn nach Bruck (an der Mur, fünfzig Kilometer in nördliche Richtung), *von dort fuhren wir wieder mit der Post nach Seewiesen* (etwa dreißig Kilometer nördlich gelegen), *wo wir speisten. Auf dem Wege von Seewiesen nach Mariazell sahen wir Brandhof, das Schloß*

des Onkel Johann an. Eine Stunde vor Mariazell (fünf Kilometer entfernt) *besichtigten wir das Gußwerk* (mit Eisenhütten), *welches sehr merkwürdig ist. Gegen halb 8 Uhr Abends kamen wir in Mariazell* (etwa dreißig Kilometer nördlich von Seewiesen) *an. Bald nach unserer Ankunft gingen wir in die Wallfahrtskirche in die Gnadenkapelle* (mit dem aus dem 12. Jahrhundert stammenden Gnadenbild der Muttergottes), *wo Segen und Litanei* (Bittgebete) *war. (Der Graf Wickenburg begleitete uns bis hierher.* – gestrichen)

Obwohl die schnellste Verbindung zwischen Graz und Wien die Fahrt mit der Eisenbahn gewesen wäre (die seit Herbst 1844 bestand), wechselte die Reisegruppe in Bruck an der Mur auf den Postwagen. Man wollte zum einen den am Weg liegenden Musterhof Erzherzog Johanns besichtigen, vor allem aber einen Abstecher nach der Wallfahrtskirche Mariazell machen, der in der Geschichte der Habsburger eine große Bedeutung zukam. Etliche Mitglieder der kaiserlichen Familie hatten in den Jahrhunderten zuvor den mehr als hundertdreißig Kilometer langen Weg von Wien aus zu Fuß zurückgelegt, um in Mariazell den Segen der Gnadenmuttergottes zu erbitten. Die dortige Schatzkammer enthält zahlreiche von den Habsburgern gestiftete Kunstwerke.

Samstag
4. Wir hörten in der Früh die Messe. Dann besuchten wir die Schatzkammer, die sehr schön und sehr merkwürdig ist. Nachdem stiegen wir immer mit Begleitung des Grafen Wickenburg auf die Bürgeralpe (ein neben Mariazell liegender Berg), *wo eine hübsche Aussicht ist. Man sieht auch den* (etwa sechzig Kilometer östlich liegenden) *Schneeberg, nachdem wir herunterkamen, kauften wir mehrere Andenken von Mariazell. Um 12 Uhr speisten wir mit dem Gouverneur und mit dem Kreishauptmann Grabmeier. Um 1 Uhr reisten wir nach Lilienfeld, wo wir Abends ankamen* (im sechzig Kilometer nordöstlich liegenden Zistersienserstift). *Abends soupirten wir mit dem Abt. Wir brachten dort die Nacht zu.*

Sonntag
5. Heute um 5 Uhr in der Früh hörten wir die Messe, die der Abt las. Um 6 Uhr fuhren wir nach Schönbrunn (etwas mehr als achtzig Kilometer). *Schon in der Station Altenmarkt* (an der Triesting, 37 Kilometer östlich von Lilienfeld gelegen) *bekamen wir Hofpferde, so daß wir schon gegen 1/4 auf 1 Uhr Mittags nach Schönbrunn ankamen. In Mödling war eine Ehrencompagnie von Wasa* (vermutlich eines so benannten Regiments) *ausgerückt. Als wir in's Schloß* (*durch die Meidlingerallee* – gestrichen) *fuhren, war die gute Mama, die wir schon so lange nicht sahen, auf der Terrasse. Der kleine Ludwig war ausgefahren, aber kam*

bald nach Hause. Um 3/4 auf 2 Uhr gingen wir zum Onkel Ludwig. Um 2 Uhr speisten wir beim Kaiser, wo die Herzogin von Berry (Witwe Herzog Ferdinands von Berry aus der Familie der Könige von Frankreich), *der Herzog von Weimar, sein Sohn, der Herzog von Lucca und der Ferdinando speisten. Bald nach dem Essen fuhren wir mit der Mama und mit dem Onkel Ludwig gegen die Mauer* (= nach Mauer). *Abends blieb die Mama allein mit uns. Später kam auch der Onkel Ludwig.*

Nach über einem Monat erreichte man in Schloß Schönbrunn wieder die Familie, bei der sich zahlreiche Gäste aufhielten: zunächst die Herzogin von Berry. Als Tochter König Franz I. von Sizilien zählte sie zu den nahen Verwandten, da ihre Mutter eine Erzherzogin von Österreich und Schwester Kaiser Franz II./I. war. Die Großtante Carl Ludwigs behielt den Titel einer Herzogin von Berry bis zu ihrem Tod, obwohl sie seit 1831 mit dem Grafen Hector Lucchesi-Palli, Duca della Grazia, verheiratet war, mit dem sie in Schloß Brunnsee in der Steiermark wohnte. Ihre Tochter Luise, die ein paar Wochen nach dieser Tagebucheintragung den ebenfalls anwesenden »Ferdinando«, späteren Herzog Carl III. von Parma, heiratete, sollte die Großmutter Prinzessin Zitas, der nachmaligen letzten Kaiserin von Österreich, werden.

Der Herzog von Lucca und »Ferdinando« waren Va-

ter und Sohn: Herzog Carl II. (von Parma), zwischen 1815 und 1849 Herzog von Lucca, und Erbprinz Ferdinand Carl, der sich später als Herzog von Parma Carl III. nannte. Als direkte Nachkommen einer Tochter Kaiserin Maria Theresias standen auch sie mit der österreichischen Kaiserfamilie in einem nahen Verwandtschaftverhältnis.
Mit dem Herzog von Weimar ist Großherzog Carl-Friedrich von Sachsen-Weimar-Eisenach gemeint, mit seinem Sohn Erbgroßherzog Carl Alexander (späterer Großherzog von Sachsen-Weimar-Eisenach).

Montag
6. Heute hatten wir den ganzen Tag frei. Wir frühstückten bei der Mama um 1/4 auf 9 Uhr. Nach dem Frühstück gingen wir in das Boulingrin, wo uns der Herr Abbé Mislin (Geistlicher und lebenslanger Vertrauensmann Erzherzog Carl Ludwigs) *und die* (Spielkameraden) *Bombelles eine Ueberraschung machten, nähmlich sie richteten meine kleine Schweiz* (die beim Meidlinger Tor gelegene Meierei der jungen Erzherzoge) *ganz neu her. Es sind sehr viele Veränderungen geschehen. Sie ist sehr hübsch geworden. Dann führten wir die Mama und den kleinen Ludwig in das Boulingrin* (wo sich die Meierei befand). *Später kam auch die Großmama her. Der Vulcan sprühte auch* (vermutlich auch eine Neuanschaffung). *Nachdem ging man zum Bassin des Neptuns* (eines der Wasserbecken im Schloßpark), *wo das neue, kleine*

Dampfschiff der kleinen Schweiz schwamm. Um 1 Uhr zeigten wir auch dem Grafen Coronini die Schweiz, dem sie sehr gefiel. Dann gingen wir in der Gegend von Hetzendorf und Lainz spazieren. Um 5 Uhr speiste die Amie bei uns. Abends ging die Mama in das Concert, welches der Herzogin von Berry zu Ehren in der Galerie (des Schlosses Schönbrunn) *gegeben wurde.*

Dienstag
7. Heute fingen wieder die Lectionen und eine neue Tagesordnung an. Wittek speiste um 5 Uhr bei uns. Wir besuchten die Tante Amélie (Prinzessin Wasa) *und den Grafen Ledochowski* (einer der Erzieher der jungen Erzherzoge). *Abends waren wir bei der Mama.*

Mittwoch
8. Heute um 12 Uhr kam Papa an. Wir speisten um 3 Uhr mit dem Herrn Doré (dem Französischlehrer). *Nach dem Essen fuhren wir mit dem Papa, mit der Mama, mit dem kleinen Ludwig und mit der Marie Vécsey zum Auhof* (beim Lainzer Tiergarten), *wo wir ausstiegen. Dann fing es an, etwas zu regnen. Wir stiegen wieder ein und fuhren bis zu der Hietzingeralle* (bei Schönbrunn), *wo wir ausstiegen und im Garten spazieren gingen. Abends blieb Papa und Mama allein mit uns. Heute kam Franzerl* (Graf Falkenhayn) (*von Görz* – gestrichen) *an.*

Donnerstag
9. Um 3 Uhr kamen die Cameraden zu uns, und wir spielten mit ihnen Baar. Der Papa, die Mama und der kleine Ludwig kamen auch später zu uns. Um 5 Uhr speiste der Wittek bei uns. Abends ging die Mama und der Papa in das hiesige (Schloß)*Theater, wo zwei Stücke gegeben wurden: ›die Unschuld muß leiden‹ und ›der Brautschleier‹. Wir blieben allein mit dem Grafen Coronini, der uns aus den Zeitungen vorlas.*

Freitag
10. Heute Vormittags kam der Albert (Albrecht, Sohn Erzherzog Carls) *zu uns. Um 12 Uhr gingen wir zum Erzherzog Max* (aus der Linie der Herzoge von Modena, Hochmeister des Deutschen Ordens). *Der Abbé Kiss* (der Ungarischlehrer) *speiste bei uns. Nach dem Essen gingen wir zu der Mama.*
(an der Seite eingefügt:) *Man erwartete hier den Kaiser von Rußland* (= Zar Nikolaus I. aus dem Hause Holstein-Gottorp)
Abends waren bei der Mama die Gräfin Dietrichstein, die Gräfin Coudenhove und der Graf Bombelles. Die Gräfin Coudenhove erzählte uns eine Menge Sachen, bevor die Mama kam. (*Sie kam sehr spät, weil sie noch bei der Großmama war.* – gestrichen)

Was die Gräfin Dietrichstein betrifft, so scheint sie – ohne Vornamen – aus einer Menge von mehreren weiblichen Mitgliedern der Familie zunächst nicht

feststellbar zu sein. Man darf aber annehmen, daß es sich um die Ehefrau des Grafen Moritz von Dietrichstein-Proskau-Leslie handelt. Das Ehepaar stand in einem besonderen Naheverhältnis zum österreichischen Kaiserhaus, da Graf Dietrichstein Erzieher und Vertrauter des Herzogs von Reichstadt gewesen war. Noch während der Lebenszeit des einzigen Sohns von Napoleon war er zudem Direktor der Hofoper (1819 bis 1826) gewesen, von 1821 bis 1826 leitete er die k.k. Hoftheater in Wien. Es folgten etliche andere Direktorate, bis er in den vierziger Jahren – in seiner Eigenschaft als k.k. Oberstkämmerer – noch einmal die Stelle des Obersten Direktors der k.k. Hoftheater übernahm. Ab 1846 übte Graf Dietrichstein die Funktion des Ersten Obersthofmeisters bei Kaiser Ferdinand I. aus – eine Stelle, die er bis zur Abdankung des Kaisers im Dezember 1848 innehatte.
Gräfin Sophie Coudenhove war Sternkreuzordensdame und – in einer Zeit nach Abschluß des Tagebuchs – Hofdame von Erzherzogin Sophie.

Samstag
11. Heute von 3 bis 5 ritt der Maxi aus, und wir zwei (Brüder), *der Franzi, der Graf Morzin und ich, fuhren mit den kleinen Pferden in den Lainzerthiergarten. Beim Lainzerthor stiegen wir aus und gingen bis zu den Hirschen und dann wieder zurück zum Thor, wo wir einstiegen und nach Hause fuhren. Der Graf Ledochowski speiste bei uns. Abends blieb die Mama*

und Onkel Ludwig mit uns allein. Später kam auch die Großmama. Der Papa ging in das Kärntnerthortheater in die Oper: »Alessandro Stradella«.

Sonntag

12. Mittags gingen wir zur Hildegarde, wo wir auch die kleine Therese (ihre Tochter) *sahen. Nachdem gingen wir zum Erzherzog Max* (vgl. mit der Eintragung vom 10. Oktober), *dem sein Namenstag heute ist. Wir speisten beim Kaiser, wo auch Albert, Hildegarde, Erzherzog Max und Ferdinando* (vgl. mit der Eintragung vom 5. Oktober) *speisten. Abends kamen die Cameraden, mit welchen wir Charaden spielten. Nachdem war ein Gouter im Salon von der Mama. Bei der Mama waren die Gräfin Dietrichstein und die Amie.*

Montag

13. Wir gingen mit dem Grafen Coronini in der Nähe von Hetzendorf spazieren. Abends blieb die Mama zu Hause. Die Gräfin Amade und der Graf Coronini waren dort.

Wie schon bei einer früheren Eintragung wurde auch hier ein Satz an der Seite eingefügt: ›*Wir gingen auch zu der Tante Marianne*‹, eine unverheiratet gebliebene Schwester Erzherzog Franz Carls. Sie wohnte in Schloß Hetzendorf (in der Nähe von Schloß Schönbrunn), das später dem letzten Thronfolgerpaar, Erz-

herzog Carl und Erzherzogin Zita, als Wohnsitz zur Verfügung stand.
Um die Zeit dieser Eintragung setzte wieder der reguläre Unterricht ein, der manchmal von Spaziergängen und Familienzusammenkünften unterbrochen wurde. An besonderen Ereignissen wird am 17. Oktober eine Krankheit Graf Heinrich Bombelles erwähnt, ›*der schon einige Tage unwohl ist*‹, zwei Tage später eine leichte Verkühlung des Bruders Erzherzog Ferdinand Maximilian, der ›*heisrig war*‹.
Der Jahreszeit entsprechend gab es mehrere Jagden in Lainz und Hetzendorf, an denen aber – wie üblich – nur die beiden älteren Brüder Erzherzog Carl Ludwigs teilnahmen.

Sonntag
26. Um 2 Uhr speiste der Onkel (Ludwig) *mit dem Grafen Schaffgotsch* (Joseph Graf Schaffgotsch, Dienstkämmerer Erzherzog Ludwigs) *bei uns. Nach dem Essen fuhren wir mit dem Onkel Ludwig in den Prater, um einen gewissen Herrn Lehmann mit einem Ballon in die Lüfte steigen zu sehen. Das Spectacel war auf dem Feuerwerksplatz. Er kam sehr hoch. So daß ihn Nebel umgab und man ihn nicht mehr sah. Abends kam die* (Gräfin) *Dietrichstein.*

Es folgen zwei Eintragungen, die schon Erlebtes wiederholen, und einige Striche. Dann wird korrekt mit Montag, dem 27. Oktober, fortgesetzt, an dem es einen längeren Spaziergang mit den Erziehern und die übliche Abendrunde in Gesellschaft der Mutter gab. Die Tagesneuigkeit bringt ein Einschub an der Seite: ›*Heute Abends kam die Großfürstin Helene von Rußland mit zwei Töchtern an.*‹ – Ihre Ankunft stand entweder in einem Zusammenhang mit dem erwarteten Erscheinen des Zaren (der Ende Dezember tatsächlich anreiste), oder aber es war ein privater Besuch bei der österreichischen Kaiserfamilie. Denn Großfürstin Helene, Schwägerin Zar Nikolaus I., war eine gebürtige Prinzessin (Charlotte) von Württemberg und durch die erste Ehe Kaiserin Caroline Augustes mit dem damaligen Erbprinzen von Württemberg deren angeheiratete Nichte. Bei den beiden mitgereisten Töchtern handelte es sich um die erstgeborene Marie und die drittgeborene Katharina. Die zweite Tochter, die neunzehnjährige Ehefrau Herzog Adolfs von Nassau, war einige Monate vorher gestorben. Übrigens sollte auch die Älteste, Marie, zum Zeitpunkt des Wienbesuchs nur noch ein Jahr zu leben haben.

Dienstag
28. Zwischen 12 und 1 Uhr gingen wir mit Mama und Papa zur Großfürstin (Helene). *Sie speiste auch um 1/2 3 Uhr beim Kaiser. Wir drei* (Brüder) *speisten auch dort. Nach dem Essen gingen wir spazieren. Abends waren bei der Mama die Marie Stadion, die Marie Vécsey und der Graf Bombelles. Später kam auch der Onkel Ludwig.*

Abgesehen von einigen Besuchen der Großfürstin – mit oder ohne Töchter – und Empfängen, die ihr zu Ehren gegeben wurden, herrschte in den nächsten Tagen der Alltag vor.
Am Freitag, 31. Oktober, fand die Übersiedlung von Schloß Schönbrunn in die Hofburg statt. Samstag, dem 1. November, wurde das Fest Allerheiligen im Kreis der Familie feierlich begangen (vgl. mit der Eintragung vom Jahr zuvor). Allerseelen wurde sonderbarerweise auf Montag, den 3. November, verlegt. Das könnte mit dem katholischen Festcharakter des Sonntag zusammenhängen, an dem man keine Trauerfeierlichkeiten abhielt (wie früher erwähnt, wurde auch schon einmal ein Requiem um einen Tag vorverlegt, weil der Todestag auf einen Sonntag gefallen wäre). Durch die Anwesenheit Großfürstin Helenes von Rußland wurde das in diesem Jahr auf den 3. November verlegte Allerseelen auch nicht in der üblichen Beschaulichkeit begangen. Am Abend des Allerseelentages fand zu Ehren der Großfürstin abermals eine Soiree statt, an der ihre Töchter und die jungen Erzherzoge teilnahmen.

Dienstag
4. Heute ist mein Namenstag (Carl Borromäus). *Ich bekam recht hübsche Sachen. Zum Frühstück kam der kleine Ludwig aus Spaß mit Frack, Weste, weißer Krawatte, schwarzen Hosen und lackierten Schuhen. Das Alles spendierte ihm der Onkel Ludwig. Um 9 Uhr*

ging ich mit der Mama und mit der Gräfin Amade in die Segensmesse. Nach der Messe gingen wir alle drei zu Onkel Carl (Erzherzog Carl, um auch ihm zum Namenstag zu gratulieren). *Nachdem spielte ich zu Hause mit dem Charli* (noch ein Carl, der Spielkamerad Graf Bombelles), *weil ich keine Lectionen habe. Um 12 Uhr gingen wir zu der Mama, wo die Großfürstin war. Um 1/4 auf 3 Uhr speisten wir beim Kaiser. Um 1/2 6 Uhr gingen wir mit Papa und Mama zur Großfürstin, weil sie morgen abreist. Nachdem waren die Cameraden bei uns und wir spielten Sprichwörter vor. Dann war ein Gouter. Die Mama ging in das Kärntnerthortheater in die Oper »Alessandro Stradella«. Beim Kaiser speiste auch die Großfürstin mit ihren beiden Töchtern.*

Zeugen des vergnügten Privatlebens der kaiserlichen Familie sind die kleinen Maskeraden und Auftritte, die den strengen Studieralltag der Kinder unterbrechen sollten. Anlässe boten Geburtstage, Namenstage, Jubiläen oder der Fasching. An diesem Tag, dem Namenstag Erzherzog Carl Ludwigs, war der dreijährige Ludwig Victor mit Frack, Weste und Krawatte als Miniatur-Ehrenkavalier ausgestattet worden. Erzherzog Ludwig, der Großonkel, hatte den Spaß ausgedacht und organisiert, der so viel Erfolg zeitigte, daß der Auftritt mehrmals wiederholt wurde: ›*Mittwoch, 5. ... Der kleine Ludwig mußte sich vor dem Grafen Merveldt* (Maximilan Graf Merveldt, k.k.

Kämmerer, Oberst des Infanterieregiments Nr. 52 und Adjutant Erzherzog Franz Carls) *und vor dem Grafen Morzin im Frack produziren. Er kam mit der Mama zum Fechten im Frack ... Donnerstag, 6. Der kleine Ludwig mußte heute wieder im Frack sich produziren und zwar vor dem Baron Reischach* (Baron Carl Reischach, Geheimer Rat, Generalmajor der Artillerie und Kammervorsteher Erzherzog Franz Carls) *und vor dem Herrn Baron* (Gorizzutti)...‹ und ›*Dienstag, 11. ... Nach dem Essen* (an dem Gräfin Franziska Széchényi, Ehefrau des Obersthofmeisters von Erzherzogin Sophie, Graf Coronini, Gräfin Ernestine Schönborn, Obersthofmeisterin Erzherzogin Sophies, und die Hofdame Gräfin Marie Stadion teilnahmen) *producirte sich der kleine Ludwig im Frack.*‹

Die Eltern des kleinen Ludwig Victor fanden offensichtlich so großen Gefallen an dem verkleideten Söhnchen, daß sie ihn den meisten ihrer Gefolgsleute vorführten. Auch auf Erzherzog Carl Ludwig haben die Familienmaskeraden bleibenden Eindruck hinterlassen. In den Tagebüchern, die er als erwachsener Mann führte, ist zwanzig Jahre später eine Geschichte vermerkt, die sehr daran erinnert. Der 32jährige Erzherzog Carl Ludwig lebte damals in Graz und reiste im Januar des Jahres 1865 anläßlich des Geburtstags seiner Mutter für einige Tage nach Wien. Da seine Ehefrau, Erzherzogin Maria Annunziata, zu diesem Zeitpunkt mit dem zweiten Kind hochschwanger war,

begleitete sie ihren Mann nicht, sondern blieb mit dem damals einzigen Sohn, dem knapp zweijährigen Franz Ferdinand, in Graz. Weil sie wußte, wie sehr ihrem Ehemann die Familie fehlen würde, ließ sie den Kleinen in einem Fotoatelier aufnehmen: als Miniatur-Rauchfangkehrer, der seinem Vater Glück bringen sollte. Das Bild schickte sie sofort nach Wien, wo es seine Wirkung nicht verfehlte. Der gerührte Vater zeigte es allerorts her und vergaß nicht, sich brieflich bei seiner Ehefrau für die Freude, die sie ihm damit bereitet hatte, zu bedanken. Als er wieder nach Graz zurückkehrte, erwartete Erzherzog Carl Ludwig der zweite Teil der Überraschung: der kleine Franz Ferdinand empfing ihn in dem Rauchfangkehrerkostüm, das er auf dem Foto getragen hatte. Die Freude des Vaters war grenzenlos und regte ihn zu Wiederholungsaufführungen an: In der Folge mußte jeder Besucher, der in den nächsten Wochen das Palais in der Grazer Sackstraße betrat, den zweijährigen Franz Ferdinand als Rauchfangkehrer bewundern.
Nach dem Namenstagsfest am 4. November trat wieder der Alltag in seine Rechte. Abgesehen von den üblichen Familienprogrammen beherrschte eine am 17. Oktober erstmals erwähnte und fortdauernde Krankheit des Ajos, Graf Heinrich Bombelles, die Gedanken des Tagebuchschreibers: ›*Freitag, 7. ... Nach dem Spazierengehen gingen wir zum Grafen Bombelles, der (noch immer) etwas unwohl ist und im Bette liegt ... Samstag, 8. Der Graf Bombelles ist noch un-*

wohl und liegt noch im Bett ...‹, in einem Einschub bei *›Sonntag, 9. ... Nach dem Essen vom Kaiser gingen wir zum Grafen Bombelles, der aber schlief.‹* und über die fortschreitende Genesung: *›Mittwoch, 12. ... Wir machten eine Visite dem Grafen Bombelles, der schon aufgestanden ist.‹*

Montag
10. Heute Früh fuhr Papa und Mama nach Frohsdorf zur Heirath von der Mademoiselle mit dem Ferdinando. Heute hatten wir die erste schriftliche Prüfung. Abends gingen wir zu der Mama. Später kam Onkel Ludwig.

An diesem Tag fand die bei der Eintragung vom 5. Oktober erwähnte Hochzeit zwischen Ferdinando, späterem Herzog Carl III. von Parma, und »Mademoiselle« statt. Sie war eine Tochter Herzog Ferdinands von Berry. Daß sie in Frohsdorf in Niederösterreich heiratete, hängt damit zusammen, daß dort ihr Bruder, Heinrich (Herzog von Bordeaux und) Graf von Chambord (nomineller König Heinrich V. von Frankreich) lebte. Die Anrede »Mademoiselle« – wie »Monsieur« – bezieht sich auch auf den Herrschaftsanspruch: diese Titel standen den rechtmäßigen Thronfolgern von Frankreich zu.
Zwischen 10. und 14. November waren schriftliche und mündliche Prüfungen angesetzt, die laut Tagebuch *›gut ausfielen‹* (*›Der Papa und die Mama waren*

recht zufrieden‹). Am Samstag, 15. November, fand das übliche – die Prüfungszeit beschließende – Diner mit allen Lehrern *(›mit Ausnahme des Tanz-, Fecht- und Turnmeisters‹)* statt.
Unter den häufigsten Gästen finden sich auch in den nächsten Tagen der Herzog von (Parma und) Lucca, sein Sohn Ferdinando und dessen frisch angetraute Frau, »die Mademoiselle«.

Mittwoch
19. Wir gingen zu dem Erzherzog Ferdinand (vermutlich zum Bruder des Herzogs von Modena). *Der Herr Doré und die Amie speisten bei uns. Abends gingen wir zu der Mama. Ich sah Gyulá* (doppelt unterstrichen), *meinen Freund* (einmal unterstrichen), *von hinten auf dem Graben zu meiner großen Freude. Zu der Mama kam die Großmama und später der Onkel Ludwig.*

Hier setzt sich die rührende Geschichte der »Freundschaft« Erzherzog Carl Ludwigs zu Gyulá Graf Széchényi fort. Er sah ihn ›*von hinten auf dem Graben*‹. Das bedeutet, daß er ihn nicht einmal gesprochen hatte. Trotzdem freute ihn das Zusammentreffen so sehr, daß er es dem Tagebuch anvertraute.
Ein Einschub an der Seite gilt dem Fortschreiten der Genesung Heinrich Graf Bombelles: ›*Nach dem Spaziergang gingen wir zum Grafen Bombelles, der schon auf ist.*‹ Zwei Tage später wurde eine deutliche Besserung seines Zustands vermerkt.

Die nächsten Tage waren noch immer von den Besuchen des frisch vermählten Ehepaares – ›*Ferdinando und Mademoiselle*‹ – geprägt, denen zu Ehren – bis einschließlich Sonntag, 30. November – etliche Familiendiners und Empfänge gegeben wurden. Abgesehen davon fanden die üblichen kleinen – oder um die Gefolgsleute erweiterten – Abendgesellschaften statt.

Samstag
29. Wir sahen einen Theil einer Wachparade auf dem Glacis zu. Dann gingen wir auf die Reitschule. Abends war wieder Soirée dansante bei der Mama. Tanzende waren Ferdinando mit seinem Vater (damals Herzog von Lucca) *und mit seiner Frau,* (die Erzherzoge) *Stephan, Wilhelm,* (die Erzherzoginnen) *Hildegarde, Marie,* (Gräfin) *Therese Bombelles, Melanie Metternich* (die Tochter des Staatskanzlers) *und wir drei* (Brüder). *Wir unterhielten uns sehr gut. Es wurde Quadrille, Walzer, Galopp, Mazurka, Altvater und Cotillon getanzt. Nach 1/4 1 Uhr ging man auseinander.*

Sonntag
30. Wir machten der Frau vom Ferdinando eine Visite; allein wir sahen sie nicht, weil sie bei der Toilette war. Wir begegneten dem Ferdinando, der uns seinen Stall zeigte. Um 2 Uhr aßen wir beim Kaiser. Außer der Familie war der Herzog von Lucca mit seinem Sohn und seiner Schwiegertochter da. Wir sahen die Luccas noch

beim kleinen Ludwig, wo wir Abschied von ihnen nahmen, weil sie morgen abreisen. Der Ferdinandino kam noch zu uns (Kindern), *um unsere Zimmer anzusehen. Der Herzog reist aber noch nicht morgen ab. Abends kamen die Cameraden. Wir führten Charaden auf. Wir blieben Abends allein bei der Mama. Später kam Onkel Ludwig.*

Dezember. 1845.

Montag
1. Abends gingen wir zu der Mama. Wir fanden sie aber im Bett, weil sie starkes Kopfweh hatte. Um 1/2 9 Uhr gingen wir mit dem Papa in den Salon, während die Mama schlief. Später kam auch Onkel Ludwig. Die Mama legte sich erst um 7 Uhr Abends (es soll wohl heißen: *»... legte sich* SCHON *um 7 Uhr Abends ... zu Bett«*).

Dienstag
2. Mama ging Abends in das Wiednertheater, wo die Oper: »Die Haimons Kinder« gegeben wurde (für das Kinderspital – gestrichen) *zu einem wohlthätigen Zweck.*

Mittwoch
3. Wir besuchten Carl Ferdinand, bei welchem wir seinen Vater (Erzherzog Carl) *fanden. Abends blieben wir allein bei der Mama. Später kam Onkel Ludwig.*

An den beiden nächsten Tage wurden extrem kurze Eintragungen im gewohnten Sinn vorgenommen.

Samstag
6. *Abends war Probe für die Tableaux* (›*Tableux vivants*‹ = Lebende Bilder, gestellte Szenen), *die übermorgen zur Feier des Geburtstags von Papa gegeben werden. Wir unterhielten uns sehr gut. Es ging alles vortrefflich. Die Mama sah auch zu. Es war eine Überraschung für den Papa. Er war* (während der Probe) *im Theater.*

Sonntag
7. Heute ist der Geburtstag vom Papa. Wir speisten um 2 Uhr beim Kaiser. Abends kamen die Cameraden. Die Großen schoßen Scheiben und die Kleinen spielten Tombola. Papa und Mama gingen in das Burgtheater; aber wir gingen um ½ 9 Uhr hinüber (die Brüder folgten in die Pausenloge), *und sie kamen bald wieder zurück.*

Montag
8. *Wir besuchten* (die Brüder Erzherzoge) *Carl und Wilhelm. Um ½ 4 Uhr speiste der Herr* (unleserlich) *bei uns. Abends waren nun diese Tableaux, zur Nachfeier des Geburtstags vom Papa. Es waren ziemlich viele Leute da. Es waren 6 Tableaux und 3 Scenen. Das erste Tableau war: »Der kleine Leipziger Leibpostillion«. Der kleine Ludwig machte den Postillion, der*

Maxi und ich machten zwei Handwerksburschen. Das ganze ist ein Lied von Baumann. Bei jedem Tableau wurde hinter der Scene gesungen. Das zweite Tableau war (das) *des Gondoliere. Auch nach einem Lied von Baumann. Die Gondolière war die Gräfin Amade. Der Ritter war der Baron Reischach. Der Gondoliere der Graf Széchényi. Das dritte Tableau stellte den Mahler Ostade* (unterstrichen) *in einer Wirthsstube vor. Franzi machte den Mahler. Dénes Széchényi* (Sohn des Obersthofmeisters von Erzherzogin Sophie und Vetter von Gyulá), *der Graf Wurmbrand* (Ferdinand Graf Wurmbrand, k.k. Kämmerer, Oberstleutnant im Graf Auersperg Kürassierregiment Nr. 8, Dienstkämmerer Erzherzog Franz Carls) *und der Graf Coronini machten einige Spieler. Dann war eine Bauernscene, »das letzte Fensterl«, zwischen Baumann* (einem nicht genau zu identifizierenden Schauspieler, im Unterschied zum gleichnamigen Liederkomponisten, s. oben) *und Wildauer* (Mathilde Wildauer, k.k. Hofschauspielerin). *Dann war die erste Abtheilung fertig. Das erste Tableau in der zweiten Abtheilung war eine »Matrosenscene«* (unterstrichen) *nach der Lithographie, die der Franzi* (Erzherzog Franz Joseph war ein begabter Zeichner und Maler; einige seiner Werke waren damals lithographiert worden) *gemacht hat. Es waren drei Matrosen, Dénes Széchényi, Franz Falkenhayn und Charli Bombelles. Das dritte Tableau war »Der Abschied von den Bergen«* (unterstrichen). *Dabei war der Graf Széchényi als Großpapa* (vermutlich der Vater von Denes, Obersthofmeister Erzherzogin Sophies). *Die Gräfin Schönborn* (Gräfin Ernestine Schönborn, Obersthofmeisterin Erzherzogin Sophies) *als steirische Bäuerin. Ihre Kinder waren: der kleine Wurmbrand* (vermutlich der jüngste Sohn Graf Ferdinand Wurmbrands, Gundacker), *der Paul Merveldt* (ältester Sohn des Adjutanten Erzherzog Franz Carls, Graf Maximilian Merveldt), *der Marko und die Therese* (beide Grafen Bombelles). *Das vierte Tableau war: »Das Eugenslied«* (unterstrichen). *Wir alle drei waren als Husaren zur Zeit des Prinzen Eugen. Der Baumann declamirte während diesem Tableau hinter der Scene. Nachdem war eine Bauernscene: »Das Gevatterbitten« zwischen Baumann und Randhartinger* (Benedict Randhartinger, Vize-Hofkapellmeister). *Zuletzt war eine Alpenscene, die Bezug auf den Geburtstag von Papa* (nahm). *Das Ganze dirigirte* (= leitete) *der Graf Széchényi. Die Tableaux stellte der Herr Gripes, der Zeichenmeister von Franzi. Wir kamen gleich nach dem Eugenslied zu den anderen Leuten hinunter. Bei jedem Tableau wurde der Vorhang dreimal aufgezogen. »Das letzte Fensterl« wurde nur einmahl gemacht. Während das Gevatterbitten zweimahl recitirt wurde und die Alpenscenen auch zweimahl. Bei der Alpenscene waren der Baumann, der Randhartinger, die Wildauer, der Stein* (Carl Stein, k.k. Hofschauspiel-Angestellter), *Schauspieler vom Burgtheater und der* (Tenor Matthäus) *Lutz, Sänger von der Hof-*

capelle. Fast jedes Tableau war mit Gesang und mit Clavier oder mit Fisharmonica. Wir unterhielten uns sehr gut. Es dauerte bis ½ 11 Uhr.

Dienstag
9. Heute Abends kam der Papa, die Mama, der kleine Ludwig und die Marie Vécsey zu unserem Tanze. Papa und Mama gingen dann in die französische Comeudie.
Einschub an der Seite: *Der Erzherzog Ferdinand* (Bruder Herzog Franz IV. von Modena) *kam zu uns.*

Mittwoch
10. Wir gingen mit der Mama zur Herzogin von Angoulême (Tochter Königin Marie Antoinettes von Frankreich), *die heute angekommen ist. Sie wohnt* (in der Hofburg) *unter uns. Dann gingen wir mit dem Grafen Morzin zum Erzherzog Ferdinand, der morgen abreist.*
Einschub an der Seite: *Der Herr Doré speiste nicht bei uns, weil er krank ist.*
Abends war Soirée bei der Großmama der Herzogin von Angoulême zu Ehren. Es waren dort die Mama, wir drei, der Graf Morzin, der Landgraf und die Landgräfin Fürstenberg, Graf und Gräfin Bombelles, der Graf (ein französischer Name, unleserlich), *die Gräfin* (ein französischer Name, unleserlich), *Hofdame von der Herzogin von Angoulême, der Graf* (unleserlich), *die Gräfin Sophie Coudenhove* (Sternkreuzdame und Hofdame der Kaiserin Caroline Auguste),

die Amie, die Gräfin Schönborn und die Gräfin Praschma.

Landgraf Friedrich Carl zu Fürstenberg, in der Baar und zu Stühlingen, Herr der Herrschaften Weitra, Reinpolz und Veste Wasen war k.k. österreichischer wirklicher Geheimer Rat und Obersthofmarschall, Kämmerer und Präses des Wiener Musikvereins. Seine Ehefrau Theresia, eine geborene Prinzessin Schwarzenberg war Sternkreuzordensdame, Palastdame und Obersthofmeisterin der Kaiserin Maria Anna, Ehefrau Kaiser Ferdinands.
Bei den französisch geschriebenen Personen handelt es sich um Gefolgsleute der Herzogin von Angoulême, die der zwölfjährige Tagebuchschreiber – vermutlich – phonetisch und in sehr schlechter Schrift wiedergab.

Donnerstag
11. Heute Abends wurden die selben Tableaux repetirt (wiederholt). *Die Herzogin von Angoulême war auch da. Es wurden nur andere Leute eingeladen.*

Freitag
12. Mittags erzählte uns die Mama, daß die Tante Luise am Montag einen todten Knaben bekommen hat. Abends gingen Papa und Mama in das Wiednerthortheater in ein Concert von David »Die Wüste«. Sie ließ uns vor dem Schlafengehen noch kommen.

Mit Tante Luise ist mit Sicherheit eine Schwester Erzherzogin Sophies, Herzogin Ludovika in Bayern, gemeint. Sie hatte vor dieser Totgeburt schon sieben Kindern das Leben geschenkt, unter anderem auch Elisabeth, der späteren Ehefrau Kaiser Franz Josephs. Zwei Jahre später sollte sie innerhalb eines Jahres ihre beiden letzten Kinder zur Welt bringen: im Februar 1847 Sophie und im Dezember desselben Jahres Maximilian.

Samstag
13. Heute ist der Geburtstag von Onkel Ludwig. Er frühstückte bei der Mama. Wir speisten auch um 2 Uhr beim Kaiser. Die Mama kam Abends zu unserem Tanzen (in die Tanzstunde).
Einschub an der Seite: *Der kleine Ludwig und die Marie Vécsey kamen auch zum Tanzen.*
Papa und Mama gingen in das Concert, welches bei der Kaiserin der Herzogin von Angoulême zu Ehren war. Es war die ganze Familie mit Ausnahme des Papa und des Onkel Ludwig (dort).

Montag
15. Heute geht die Herzogin von Angoulême nach Frohsdorf (zu ihrem Neffen, Graf Heinrich von Chambord). *Wir sahen sie noch um 7 Uhr in der Messe. Die Mama blieb Abends allein mit uns zu Hause. Später kam Onkel Ludwig.*

Marie Therese, die Tochter Königin Marie Antoinettes und König Ludwigs XVI. von Frankreich, war die Ehefrau ihres direkten Vetters Ludwig, Herzog von Angoulême. Letzterer war ein Sohn, der Graf von Chambord ein Enkel König Carls X. von Frankreich. Wegen der nahen Weihnachtsfeiertage fielen die Eintragungen in den folgenden Tagen – wie im Jahr zuvor – wieder sehr knapp aus. Allerdings erfuhr auch die traurige und unerfüllte Geschichte der Freundschaft Erzherzog Carl Ludwigs zu Graf Gyulá Széchényi am Dienstag, 16. Dezember, eine weitere Fortsetzung: ›*Heute, als wir von der Reitschule zurückkamen, sah ich meinen guten Freund Gyulá* (doppelt unterstrichen) *und zwar auf dem äußeren Burgplatz. Derselbe, mit dem ich voriges Jahr Bekanntschaft gemacht habe. Es freut mich sehr, ihn gesehen zu haben, aber leider nur beim Vorüberfahren.*‹

Sonntag
21. Wir speisten um 1/4 3 Uhr beim Kaiser. Abends kamen die Cameraden. Franzi ging mit dem Papa in das Burgtheater in das Stück: »König und Bauer«. Die Mama kam dann in das Theater nach. Wir zwei, Maxi und ich, gingen vor 9 Uhr zum Grafen Morzin, der eine sehr hübsche Soirée gab. Es waren dort: die Gräfin Sophie Coudenhove, die Marie Stadion, die Fürstin Khevenhüller, Tante vom Grafen Morzin (Schwester des Vaters, Carl Graf Morzin, Witwe nach Fürst Carl von Khevenhüller-Metsch), *die Gräfin Amade, die*

Gräfin Schönborn, die Hofdame von der Kaiserin, die Gräfin (unleserlich), *die Gräfin Coronini* (Maria Gräfin Coronini, Ehefrau eines der Erzieher), *die die Honneurs gemacht hat, die Gräfin Wallis* (Gräfin Josephine Wallis, Sternkreuzordensdame und Hofdame der Kaiserin Maria Anna), *die Marie Vécsey. Von Herren waren* (da) *der Baron Gorizzutti, der Graf Coronini, der Graf Coudenhove Bailli* (damit ist vermutlich Graf Edmund Coudenhove gemeint, der Malteserritter war, denn Bailli ist eine Malteserritter-Titulierung), *der Baron Moll* (vermutlich Johann Freiherr von Moll, zweiter Generaladjutant Kaiser Ferdinands), *der Baron Reischach, der Graf Mittrowsky* (Graf Joseph Mittrowsky, Malteser Ordensritter und k.k. Dienstkämmerer Kaiser Ferdinands), *der Graf Morzin* (übrigens auch Bailli des Malteser-Ordens) *und sein Bruder* (der in Triest stationierte Vinzenz Graf Morzin, k.k. Kämmerer und Major im Prinz von Salerno Infanterieregiment Nr. 22).

Es folgen zwei knappe Eintragungen bezüglich familiärer Zusammenkünfte.

Mittwoch – Weihnachtsabend
24. Um 5 Uhr gingen wir in den Segen und um 6 Uhr gingen wir zu der Mama, wo der Christbaum war. Ich bekam eine Menge schöne Sachen so wie: von der Mama zwei Figuren von Gips und (unleserlich) *einen Fischer und eine Fischerin vorstellend, dann eine Pa-*

peterie (vermutlich Briefpapier), *ein kleines Pferd in Bronze, ein kleines Figürchen aus Biscuit*(porzellan), *dann bekam ich und der kleine Ludwig zusammen zwei große Boutiquen* (Läden) *von Holz. In der einen sind Tücher und in der anderen sind Esswaren. Sie sind sehr hübsch.*

Einschub an der Seite: *Von der Mama habe ich noch getrocknetes Obst und einen Kalender bekommen.*

Von der Tante Amelie bekam ich einen Stock (vermutlich einen Wander- oder Gehstock). *Vom Kaiser und von der Kaiserin bekam ich ein Dampfschiff von Holz, welches auf dem Wasser fährt, und dann bekam ich noch zwei Spiele. Das war Alles bei der Mama aufgestellt. Von der Großmama bekam ich zwei Medaillons und ein Bild, welches die Geburt Christi vorstellt, dann noch eine Handzeichnung, aber nicht in einem Rahmen, eine neumodische silberne Glocke, getrocknetes Obst, einen Federwischer, eine Bronzefigur und einen Papierkorb. Abends blieb die Mama zu Hause. Die Tante Amelie, die Gräfin Dietrichstein, der kleine Ludwig, die Dame* (eine der Hofdamen) *von der Mama, die Amie, der Kaiser, die Großmama, die Marie Vécsey und die Baronin Scharnhorst* (Hofdame der Prinzessin Amalie Wasa) *waren da.*

Einschub an der Seite: *Der Prinz* (Gustav) *Wasa auch.*

Donnerstag – Weihnachten (Christtag)

25. Die Mama ging in die Metten (= Christmette, eigentlich der nächtliche Weihnachtsgottesdienst). *Wir gingen um 3/4 9 Uhr zu ihr zum Frühstück, blieben dort bis um 10 Uhr. Von 10 Uhr bis 11 Uhr gingen wir aus. Um 11 Uhr gingen wir in das Hochamt* (Festgottesdienst). *Um 2 Uhr speisten wir beim Kaiser. Um 6 Uhr gingen wir zu der Mama, um den Weihnachtsbaum abzuschneiden* (vermutlich: um Dinge davon zu nehmen). *Wir spielten auch mit den Boutiquen. Um 1/4 9 Uhr kamen die Carlischen, die Albertischen* (die Familie Erzherzog Carls und seines Sohns Albrechts) *und der Moritz von Nassau* (Bruder Herzog Adolfs von Nassau, als k.k. Major des Palatinal-Husarenregiments Nr. 12 in österreichischen Diensten).

Freitag – Stephanstag
26. Wir speisten um 3 Uhr bei uns. Abends kamen zu der Mama die Gräfin Kanitz, Schwägerin des ehemaligen preußischen Gesandten, ihre Nichte, auch Gräfin Kanitz, die Tante Amelie (Prinzessin Wasa), *die Baronin Scharnhorst, der Prinz Wasa, die Gräfin Schönborn, die Gräfin Amade, der Baron Gorizzutti und wir drei. Später kam Onkel Ludwig.*

Die Geschichte der Familie Grafen Kanitz(?) ist leider nicht zu rekonstruieren. Vermutlich meinte Erzherzog Carl Ludwig »Grafen von Kaunitz«, aber selbst da finden sich in den genealogischen Handbüchern keine passenden Familienmitglieder, zu denen die Merkmale ›*preussischer Gesandte*‹ mit ›*gleichnamiger Schwägerin*‹ und deren ›*gleichnamiger Nichte*‹ passen.

In Zusammenhang mit den Weihnachtsfeiertagen kam es an den folgenden Tagen zu Familienzusammenkünften, die in der Zusammensetzung der Gesellschaft der sonntäglichen Diners entsprachen.

Dienstag
30. Wir aßen um 1/2 4 Uhr mit Papa und Mama beim Kaiser. Es war nur die Kaiserin (Maria Anna), *der Kaiser* (Ferdinand I.), *die Großmama, der Papa und die Mama da. Alles war schon in Uniform und in Grand cordon* (vermutlich: hoch dekoriert), *weil man den Kaiser von Rußland erwartete. Wir zwei, Maxi und ich, waren in Schuh und Strümpfen* (vermutlich in einer Kniehose anstelle einer militärischen Uniform). *Nach dem Essen gingen wir hinauf. Bei der Mama warteten wir, die Gräfin Schönborn, die Gräfin Amade und der Baron Gorizzutti, das heißt der Papa und der Franzi haben unten beim Kaiser gewartet. Endlich kam die Nachricht zu der Mama, der Kaiser von Rußland sei schon beim Kaiser. Wir gingen alle gleich hinunter. Wie wir hinunter kamen, sagte die Kaiserin, er wäre nicht zum Kaiser gekommen, weil er zu müde von der Reise sey. So sind wir wieder hinaufgegangen. Dort tranken wir Thee.*

Eine der komischsten Szenen des Kindertagebuchs: Der seit Wochen angekündigte Zar von Rußland ist endlich in Wien angekommen. Zu seinen Ehren erscheinen die Mitglieder des österreichischen Kaiserhofs in großer Gala. Aber der Zar kommt nicht, da er von der Reise erschöpft ist.

Mittwoch
31. Nach 9 Uhr kam der Kaiser von Rußland (Zar Nikolaus I.) *zu der Mama. Er ist ein schöner und großer Mann. Um 3/4 11 Uhr gingen wir zur Kaiserin, wo auch die Großmama, die Mama, die* (Erzherzoginnen) *Hildegarde und die Marie* (Schwiegertochter und Tochter Erzherzog Carls) *waren. Die Parade* (zu Ehren des russischen Zaren) *war sehr schön. Es waren sehr viele Leute. Der Kaiser von Rußland hat sein Regiment vorgeführt. Der Franzi seine Division. Der Kaiser von Oesterreich ging mit dem Papa, den Kaiser von Rußland abzuholen. Dann fuhren sie in die Stallungen, wo sie aufsaßen.*
Einschub an der Seite: *Ich sah Gyulá* (doppelt unterstrichen, den verehrten Freund, Graf Gyulá Széchényi), *in dem wir von der Parade zurückkamen auf der Bellaria* (von der Hofburg in Richtung Vorstadt wegführende Straße). *Er war im Garten des Fürsten Metternich* (wie früher erwähnt, war er ein Neffe der Fürstin Metternich).
Nach der Parade, als der Franzi schon zu Hause war, kam der Orlow, Generaladjutant des Kaisers von Rußland, zum Franzi, um ihn im Namen des Kaisers den Andreasorden zu geben. Es war ein großes militärisches Diner dem Kaiser von Rußland zu Ehren. Franzi aß auch mit. Wir zwei, Maxi und ich, speisten

zu Hause. Abends war Theatre Paré (eine Festvorstellung) *im Burgtheater. Der Hof in der Kammerherrenloge, weil die größer ist. Franzi war auch im Theater. Es wurde das Stück: »*(unleserlich)*« gegeben. Der Hof blieb nur zwei Acte. Dann war Soirée bei der Kaiserin, wozu wir zwei auch kamen. Alles war dem Kaiser von Rußland zu Ehren. Der Kaiser von Rußland war immer in oesterreichischer Husarenuniform. Nur beim Theatre Paré war er in russischer Kosackenuniform. Der Papa, der Albert und der Onkel Johann* (Erzherzog Johann) *waren immer in russischer Oberstuniform, nur bei der Parade nicht.*

Das gegenseitige Tragen der Uniformen – der Gast erschien in der Uniform des Gastlandes, die Gastgeber in der des Gastes – war eine Höflichkeitsgeste, die sich bis zum Ende der Monarchie erhielt.

1846.
Jänner.

Donnerstag
1. Wir machten unsere Neujahresvisiten zwischen 1/2 11 und 1/2 1 Uhr. Um 1/2 4 Uhr speisten wir beim Kaiser. Alles war in Uniform. Wir zwei, Maxi und ich, waren in Schuh und Strümpf. Alles wegen dem Kaiser von Rußland. Um 7 Uhr gingen die zwei Brüder, Franzi und Maxi, zu der Mama. Ich ging zu dem kleinen Ludwig. Abends blieb die Mama allein mit uns. Später kam Großmama und dann Onkel Ludwig.

Wenig Abwechslung brachten die nächsten Tage. Allerdings wird verstärkt auf Zusammentreffen mit dem kleinen Bruder Ludwig Victor hingewiesen. Am Samstag, 3. Januar, durfte der knapp Vierjährige bei der Tanzstunde der älteren Brüder zusehen. Am darauffolgenden Sonntag nahm Ludwig Victor offensichtlich zum ersten Mal an den nachmittäglichen Spielen der Brüder teil: ›*Die Mama kam auch zu uns mit dem kleinen Ludwig, der hier soupirte.*‹

Erzherzog Carl Ludwig lernte den kleinen Bruder um diese Zeit lieben und schätzen, mit dem er bis ins Erwachsenenalter eine innige Beziehung hegte.

Aufmerksamkeit verdient ein neuerlicher Einschub an der Seite bei der Eintragung zum 2. Januar: ›*Der Charli* (der Spielkamerad Graf Bombelles) *sagte mir, daß der Gábor, der Bruder vom Gyulá* (doppelt unterstrichen) *Cadett in Güns bei den Hofkammerdragonern wird.*‹ – Hier erfährt man das erste Mal, daß Erzherzog Carl Ludwig mit jemandem über Gyulá Széchényi sprach: Wenn er es auch sicher nur beiläufig tat und das Interesse auf den um ein Jahr älteren Bruder Gábor lenkte.

Im Januar des Jahres 1846 waren – wie oft um diese Zeit – viele Kranke zu beklagen: Am 8. Januar konnte Erzherzog Carl Ludwig wegen einer beginnenden Verkühlung dem an diesem Abend stattfindenden Hofball nicht zusehen. Fünf Tage später wird eine Rippenfellentzündung Erzherzog Carls vermerkt, die sehr ernst war. Eine wesentliche Besserung seines Zu-

stands trat erst um den 17. Januar ein. Drei Tage später durften Franz Joseph, Ferdinand Maximilian und Carl Ludwig den Großonkel gemeinsam mit ihrer Mutter besuchen. An den sonntäglichen Familiendiners in der Hofburg nahm der Genesene erst wieder ab Mitte Februar teil.
Am Mittwoch, 21. Januar, war ein weiterer Kranker zu beklagen: ›*Der Maxi Gorizzutti* (Sohn eines der Erzieher) *bekam heute Nacht die Masern, deswegen ist der Herr Baron von uns getrennt.*‹

Donnerstag
15. Großmama gab Abends einen sehr hübschen Adolescentenball in der Reichskanzlei (im Reichskanzleitrakt der Hofburg). *Das Alter war von 12 Jahren bis zu denen, die schon zum Kammerball gehen* (vermutlich bis zu den Achtzehnjährigen). *Ich sah meinen Freund Gyulá* (doppelt unterstrichen), *den ich seit vorigem Fasching nicht gesprochen habe. Es freute mich sehr, ihn wiederzusehen. Ich schwätzte sehr viel mit ihm. Er war wieder sehr artig. Wir kamen um ¼ 8 Uhr hin und blieben bis ¾ 12 Uhr. Ich unterhielt mich sehr gut.*
Einschub an der Seite: *Franzi bekam heute einen* (neuen) *Frack, den er heute gleich zum Ball anzog.*

Es ist interessant festzustellen, wie ausführlich Erzherzog Carl Ludwig wird, wenn die Rede auf seinen Freund Graf Gyulá Széchényi kommt. Der sonst eher

wortkarge Tagebuchschreiber widmet dem Zusammentreffen mit ihm immerhin vier Sätze, die sich von den ein- bis zweizeiligen Eintragungen der folgenden Tage wesentlich unterscheiden.
Zu den vielen Erkrankten des Jahresbeginns 1846 zählte ab Mitte Januar auch Graf Timotheus Ledochowski, einer der Erzieher der jungen Erzherzoge. Worunter der 47jährige Mann litt, wird nirgends erwähnt. Am Donnerstag, dem 22. Januar, war sein Zustand allerdings so ernst, daß er auf eigenen Wunsch ›*versehen wurde*‹ (= er erhielt die Sterbesakramente). Die Krankheit entwickelte sich in der Folge zu einem schweren chronischen Leiden, an dem Graf Ledochowski im Juli desselben Jahres verstarb.
Am Freitag, 23. Januar, einen Tag, nachdem Graf Ledochowski die Sterbesakramente erhalten hatte, durften ihn die jungen Erzherzoge besuchen: ›*Wie wir von ihm weggingen, so hatte er die Thränen in den Augen, küßte uns die Hand und sagte uns: ›Gott sey mit Ihnen.‹ Wir blieben nicht lang bei ihm, damit* (er) *nicht zu viel spricht ...*‹
Die nächste Krankengeschichte wurde am Sonntag, 25. Januar, vermerkt: Erzherzog Ferdinand *(›Dando‹)* aus der Linie der Herzoge von Modena nahm anläßlich des Familiendiners Abschied von seinen Verwandten, ›*weil er nach Modena zu seinem Vater, der bedenklich krank ist, reist.*‹ Er konnte nur noch den Toten erreichen. Denn noch am Abend seiner Abreise ›*kam die Nachricht, daß der Herzog von Modena*

Mittwoch den 21. (vier Tage vorher) *um ½ 8 Uhr Abends starb.‹*

Montag
26. Heute kam die Herzogin von Angoulême an und will 14 Tage hier bleiben. Sie wohnt in der Reichskanzlei (im Reichskanzleitrakt der Hofburg). *Abends blieb Papa und Mama zu Hause. Es kam die Großmama und der Onkel Ludwig. Die Mama ging ein Augenblick mit dem Maxi zur Herzogin.*

Dienstag
27. Heute ist der Geburtstag von der Mama. Wir gingen mit Papa und Mama um ¼ 10 Uhr in die Josephicapelle. Ich blieb nach der Messe bis um ½ 12 Uhr bei der Mama mit dem kleinen Ludwig und mit den andern Brüdern. Um ½ 12 Uhr zogen wir uns an und gingen auf die Reitschule. Um 2 Uhr speisten wir beim Kaiser. Wir blieben nach dem Essen beim kleinen Ludwig und bei der Mama. Beim kleinen Ludwig spielte ich mit dem Theater, welches ihm gestern (der Name des Gebers fehlt) *schenkte. Um ¼ 9 Uhr kamen die Carlischen, die Albertischen und der Onkel Johann* (der in der Steiermark lebende Erzherzog Johann). *Wir unterhielten uns sehr gut. Papa blieb auch zu Hause.*
Einschub an der Seite: *Die Großmama und die Herzogin von Angoulême kamen auch.*

Das als fröhlich geschilderte Fest nach dem Tod des Herzogs von Modena darf nicht verwundern. Man war zwar mit dem Toten verwandt – in der Generation Erzherzog Franz Carls im zweiten Grad –, hatte aber mit den im Ausland lebenden Verwandten seltenen Kontakt. Eine engere Beziehung bestand nur zu Erzherzog Ferdinand, dem aus Wien abreisenden jüngeren der beiden Söhne des Herzogs von Modena, der offensichtlich ständig in Wien lebte. Abgesehen vom Verwandtengrad zum Verstorbenen setzte die Hoftrauer auch immer erst einige Tage nach dem Tod des Familienmitglieds ein (für den Herzog von Modena begann sie am Mittwoch, dem 28. Januar). Wegen der offiziellen Trauer fanden an den folgenden Tagen auch nur intime familiäre Zusammenkünfte und Trauergottesdienste statt. Man durfte während dieser Zeit keine Feste außerhalb des Familienkreises besuchen, was für Erzherzog Carl Ludwig schlimme Folgen zeitigen sollte. Denn am Sonntag, 1. Februar, fand ein Kinderball im Haus des Fürsten Metternich statt, an dem er diesmal nicht teilnehmen durfte. Ein zunächst nicht ganz verständlicher Einschub an der Seite der folgenden Eintragung verschafft Aufklärung über die verzweifelte Lage, in der sich der noch nicht ganz Dreizehnjährige befand. Da er mit Sicherheit annehmen konnte, daß sein über alles geliebter Freund, Graf Gyulá Széchényi, den Ball besuchen würde, beschloß er, Abstand von ihm zu gewinnen, indem er ›*gar nichts mit ihm gemein*‹ haben wollte: Er machte den Freund in Gedanken unattraktiv, um sich nicht länger darüber zu kränken, daß er ihn nicht sehen konnte.

Februar. 1846.

Sonntag

1. Um 2 Uhr speisten wir beim Kaiser. Abends kamen nur wenige Cameraden zu uns, weil die meisten auf den Ball zu Metternich gingen. Ich war währenddem beim kleinen Ludwig und habe Theater gespielt (Das ist eine typische Reaktion für Erzherzog Carl Ludwig: daß er sich in seinem Kummer lieber bei seinem kleinen Bruder aufhielt, als am Spiel mit den Kameraden teilzunehmen). *Wir gingen nicht auf den Ball zu Metternich, wegen der Trauer.*

Einschub an der Seite: *Ich habe mir heute vorgenommen, gar nichts mit Gyulá gemein zu haben.*

Franzi ging, nachdem die Cameraden fort waren, zu den Carlischen. Wir zwei, Maxi und ich, gingen um 8 Uhr mit der Mama zur Großmama, wo eine Soirée für die Herzogin von Angoulême war. Es waren dort: die Großmama, die Herzogin von Angoulême, die Mama, wir zwei, der kleine Ludwig und die Marie Vécsey, die blieben nicht die ganze Zeit da, die Herzogin von Köthen (vgl. mit der Eintragung vom 9. Mai 1844) *mit ihrer Hofdame, die Gräfin Schönborn, die Sophie Coudenhove, die Amie, der Fürst Löwenstein* (wegen der etlichen Linien der Familie ohne Vornamen nicht zu bestimmen), *der Graf Latour* (vermutlich Graf Baillet von Latour, k.k. Kämmerer, Geheimer Rat, Feldzeugmeister, Stellvertreter Erzherzog Johanns als General-Geniedirektor, Inhaber des 28. Infanterieregimentes und späterer Minister) *und der Graf Bellegarde* (Graf August Bellegarde, k.k. Geheimer Rat, Kämmerer, Feldmarschalleutnant und Obersthofmeister Kaiserin Caroline Augustes).

Montag – Maria Lichtmesse (katholischer Festtag)
2. Wir gingen um 9 Uhr mit der Mama in die Segenmesse. Wir machten nach ¹/₂ 1 Uhr unsere Visite dem Fritz (Erzherzog Friedrich), *der morgen abreist. Wir fanden ihn aber nicht. Um 5 Uhr gingen wir mit der Mama in den Segen. Dann blieben wir bei der Mama. Um ³/₄ 7 Uhr gingen wir mit Papa und Mama auf das Wiednertheater zu dem Stücke: »Die Reise nach Spanien« und »Der Verstorbene«. In allen beiden spielte Beckmann* (Friedrich Beckmann, k.k. Hofschauspieler). *Ich unterhielt mich recht gut. Wir soupirten beim Papa* (in den in der Hofburg gelegenenen Räumen des Vaters).

Abgesehen von einer Neuerung im Stundenplan (ab 3. Februar erhielt Erzherzog Carl Ludwig Geometrie als neues Unterrichtsfach) waren die folgenden Tage vom Familienalltag geprägt. Sie standen wieder im Zeichen von etlichen Erkrankungen: Ab 4. Februar erkrankte Erzherzog Franz Joseph an Grippe, am 8. Februar folgte ihm seine Mutter: ›*Die Mama fühlte sich unwohl und legte sich früher ins Bett.*‹ Montag, 9. Fe-

bruar: ›*Die Mama ist im Bette, sie hat sich verkühlt und hat Fieber.*‹ Dienstag, 10. Februar: ›*Abends war Mama noch im Bette. Es geht ihr besser. Wir blieben Abends bei ihr.*‹ Mittwoch, 11. Februar: ›*Mama stand um 2 Uhr auf.*‹ und schließlich Donnerstag, 12. Februar: ›*Mama blieb in der Früh noch im Bette und stand um 11 Uhr auf.*‹ Mit diesem Tag enden die Bemerkungen über das Befinden Erzherzogin Sophies, woraus man auf die endgültige Genesung schließen darf.
Eine kurze, aber interessante Krankengeschichte hält der 15. Februar bereit. Anläßlich der Bemerkung Erzherzog Carl Ludwigs – ›*Um 8 Uhr ging ich ins Bett, weil ich sehr starkes Kopfweh hatte*‹ – vermeint man, den nächsten Kranken zu erraten. Liest man den Satz zu Ende – ›*(weil) ich mich für den morgigen Ball schonen mußte*‹ – möchte man den Dreizehnjährigen gerne bedauern. Er würde (nach wochenlanger Hoftrauer) ein Fest besuchen dürfen, zu dem Gyulá Széchényi geladen war, wegen einer aufkommenden Grippe dazu aber nicht in der Lage sein. Zuletzt siegte aber der Wille über den Körper: Erzherzog Carl Ludwig war am 16. Februar wieder völlig hergestellt.

Montag
16. Abends gab die Großmama (Kaiserin Caroline Auguste) *einen Adolescentenball. Ich kam auch dazu, da ich kein Kopfweh mehr hatte. Ich sah wieder Gyulá* (unterstrichen). *Ich tanzte Alles bis auf die letzte*

Quadrille. Ich unterhielt mich sehr gut. Der Ball war sehr hübsch.

Auch am 17. Februar brach das Immunsystem nicht zusammen, denn es galt, einen weiteren Ball abzuwarten: den am Ende der Saison stattfindenden Faschingsball beim Fürsten Metternich.

Samstag
21. Abends war Ball bei Metternich. Edmund Zichy (der zwölfjährige Graf Edmund Zichy, ein Verwandter der Fürstin Metternich) *tanzte vor. Es war sehr hübsch. Wir zwei, Maxi und ich, blieben nur bis 1/2 1 Uhr. Franzi blieb bis gegen 1/2 5 Uhr. Ich sah Gyulá* (doppelt unterstrichen) *zum letzen Mahle. Der Ball war sehr hübsch. Es waren sehr viele Leute.*

Leider wird nicht verraten, warum Erzherzog Carl Ludwig seinen Freund Gyulá Széchényi zum letzen Mal sah. Vermutlich mußte er – wie schon ein Jahr zuvor – zurück nach Ungarn reisen.

Sonntag
22. Wir schliefen bis 11 Uhr. Wir speisten beim Kaiser. Abends kamen die Cameraden. Abends ging die Mama ins Bett, weil sie sehr starkes Kopfweh hatte. Wir gingen um 12 Uhr mit der Mama in die Messe in die Josephicapelle.

Montag
23. Abends sahen wir das Odeon an (ein neu errichtetes Vergnügungslokal im heutigen zweiten Gemeindebezirk, das im Januar 1845 eröffnet worden war). *Es war gerade beleuchtet. Mama ging um ¼ 9 Uhr ins Theater. Heute kam die Nachricht, daß in Cracau ein Aufstand ausgebrochen ist. Es geht in Polen sehr unruhig zu.*

Unter allen Staaten Europas hatte Polen die wechselvollste Geschichte zu verzeichnen. Zuletzt war es im 18. Jahrhundert dreigeteilt worden, je ein Teil fiel an Rußland, Preußen und Österreich. Krakau gehörte zu Österreich, besaß aber bis zum 16. November 1846 den Status eines Freistaates. In den ersten Februartagen dieses Jahres war – wie schon 1830/31 – eine Revolution ausgebrochen, die die Wiedererrichtung des polnischen Nationalstaats zum Ziel hatte. Am 18. Februar rückte der von Österreich in Podgor(cz)e stationierte General Ludwig Collin mit einigen Soldaten in Krakau ein, um dort die Rechte seines Landes zu verteidigen. Am Morgen des 22. Februar begannen die polnischen Aufständischen den Sturm auf die österreichischen Truppen, der aber abgewehrt werden konnte. Man nahm vierzig Aufrührer fest und wurde einen Tag später abermals angegriffen. Aus Mangel an Truppen ließ General Collin die Stadt räumen und zog sich nach Podgor(cz)e zurück.

Von Seiten der Polen war noch am 22. Februar die Nationalregierung gebildet worden, die aber schon bald an der Uneinigkeit der Mitglieder zerbrach. Beim Herannahen russischer Truppen, die als Verbündete Österreichs auftraten, flüchteten die neuen Machthaber. Am 3. März wurde Krakau – ohne daß ein Schuß gefallen war – wieder von den Truppen Collins besetzt. Neun Tage später richtete man eine provisorische Militärverwaltung ein. Im November desselben Jahres wurde der Freistaat Krakau aufgehoben und das Gebiet Österreich einverleibt.
Im Tagebuch Erzherzog Carl Ludwigs wurden die aktuellen Tagesereignisse in Polen mehrmals angesprochen. Sie sind nicht immer ganz verständlich, was nicht nur an der Wiedergabe des knapp Dreizehnjährigen liegt: viele Nachrichten waren – bis sie Wien erreicht hatten – verzerrt, überholt oder einfach unrichtig. Deshalb ist die tatsächliche Geschichte den Eintragungen vorangestellt. In der Folge werden die Ereignisse so wiedergegeben, wie Carl Ludwig sie in den Gesprächen der Erwachsenen aufschnappte.
Aschermittwoch, 25. Februar: ›*Die heutigen Nachrichten von Polen sagen: daß zwei Officiere und 60 Mann* (vermutlich meint er Soldaten der österreichischen Truppen) *geblieben seien. Früher schon ist ein Officier umgebracht worden* (das ist unrichtig).‹
Sonntag, 1. März: ›... *Heute kam die Nachricht, daß Podgor*(cz)*e, welches unsere Truppen verließen, wieder von denselben erkämpft worden ist unter der An-*

führung des General Collin. Überhaupt gehen die Sachen in Polen besser. Die (polnischen?) *Bauern sind auf der Seite der Regierung gegen die aufrührerischen Adeligen und Mandataren.‹*
Mit den Eintragungen von Mittwoch, dem 4., und Donnerstag, dem 5. März, enden die Berichte über den Aufstand in Polen: *›(4.) Von Cracau ist die Nachricht gekommen, daß es parlamentiren* (= verhandeln) *wollte mit unseren Truppen. Es wurde aber nicht angenommen.‹* und *›(5.) ... Heute kam die Nachricht, daß die Russen ohne allen Schwerdstreich Cracau eingenommen haben ...‹*

Montag
9. Abends kam zur Mama ein Dähne mit Nahmen Andersen (der dänische Märchen- und Romanschriftsteller Hans Christian Andersen, 1805–1875) *der Mährchen, die er selbst componirt hat, vortrug. Es waren da: die Großmama mit der Amie, die Tante Amelie* (Prinzessin Wasa) *mit der Scharnhorst* (ihrer Hofdame) *und mit dem Prinzen Wasa, der Erbprinz von Darmstadt mit Nahmen Louis. Er ist heute um 4 Uhr Nachmittag angekommen, dann die Gräfin Schönborn, die Marie Stadion, die Marie Vécsey, wir und der Graf Bombelles und der Onkel Ludwig. Wir kannten den Louis schon von früher. Ich unterhielt mich sehr gut.*

Wie schon an anderer Stelle bemerkt, waren die Prinzen von Wasa mit Erzherzogin Sophie vercousint, da ihre Mütter Schwestern (Prinzessinnen von Baden) waren. Deren jüngste Schwester Wilhelmine hatte 1804 den damaligen Erbprinzen – späteren Großherzog – Ludwig II. von Hessen-Darmstadt geheiratet. Dadurch war ›*Louis*‹, der nunmehrige Erbprinz und spätere Großherzog Ludwig III. von Hessen-Darmstadt, sowohl ein Cousin Erzherzogin Sophies als auch der Prinzen von Wasa. Um Genealogen und Historiker späterer Generationen zu verwirren, ist er eine Familienehe eingegangen: Er heiratete 1833 Prinzessin Mathilde von Bayern, eine Nichte Erzherzogin Sophies, wodurch er – neben seinem Status als Cousin – auch noch ihr (Schwieger-)Neffe wurde. Um die folgenden Eintragungen zu verstehen, muß hinzugefügt werden, daß der Erbprinz von Darmstadt mit seinem Bruder Alexander angereist kam.

Die beiden nächsten Tage waren den Pflichten und dem Zusammensein im kleinsten Familienkreis gewidmet. Festveranstaltungen zu Ehren der Gäste aus Darmstadt gab es erst wieder ab Donnerstag, dem 12. März: ›*Wir kamen nach dem Diner von der Großmama zu der Großmama* (= in ihre Privaträume). *Es waren mehrere Gäste da. Besonders die zwei Darmstädter, der Louis und der Alexander* (dessen jüngster Bruder, Prinz Alexander von Hessen-Darmstadt). *Franzi kam aber nicht, weil er schon zu groß ist.*‹ – Die letzte Bemerkung ist nicht ganz verständlich, da die beiden Darmstädter Vettern zum Zeitpunkt der Eintragung vierzig und dreiundzwanzig Jahre alt waren, also beide wesentlich älter als der damals sechzehnjährige Erzherzog Franz Joseph. Daß er zu ›*groß*‹ – also zu ›*erwachsen*‹ – für die Zusammenkunft war, mag die Entschuldigung dafür gewesen sein, nicht daran teilnehmen zu müssen. Vermutlich hatte er keine Lust dazu gehabt, weshalb man es ihm, weil er eben schon sechzehn Jahre alt war, erließ.

Sonntag
15. Wir speisten beim Kaiser (Ferdinand I.). *Die Darmstädter speisten da. Nach dem Essen ging Maxi gleich fort und legte sich ins Bett, weil er unwohl ist. Abends hatte er starkes Fieber. Abends war Concert beim Kaiser für die Darmstädter. Maxi ging natürlich nicht hin. Franzi und ich aber gingen hin. Es sangen der Pischeck* (Johann Baptist Pischeck, deutscher Sänger, der hauptsächlich in Stuttgart engagiert war und damals in Wien gastierte), *die* (unleserlich). *Ernst* (aus einer großen Menge von gleichnamigen Künstlern nicht auszunehmen) *spielte Violine, und Liszt Clavier* (Franz von Liszt, 1811–1886, ungarisch-deutscher Klaviervirtuose und Komponist).

Wie den Eintragungen zu entnehmen ist, folgte Erzherzog Ferdinand Maximilian als nächster Kranker. Montag, den 16. März, verbrachte er ›*den ganzen Tag im Bett. Er hatte sich den Magen verdorben.*‹ Einen Tag später schien es ihm besser zu gehen, am 19. März wird er wieder als bettlägrig erklärt. Danach verlieren sich – im Zuge der Berichte über die üblichen Familienveranstaltungen – die Krankenbulletins.

Mittwoch – Mariä Verkündigung (katholisches Kirchenfest)
25. Heute in der Früh reiste Graf Bombelles mit Marko (einem seiner Söhne) *nach* (unleserlich). *Abends gingen Papa und Mama in das Bürgerconcert. Wir brachten den Abend bis 9 Uhr mit dem Herrn Abbé* (Mislin), *mit Charli* (Graf Bombelles) *und mit Franzerl* (Graf Falkenhayn) *zu. Wir nahmen um 9 Uhr Abschied von Herrn Abbé, der morgen nach Parma als Bibliothecar reist. Es thut mir sehr leid. Ich hatte ihn sehr gerne. Ich werde mit ihm eine Correspondence führen* (er hielt mit dem Geistlichen tatsächlich bis ins Erwachsenenalter Kontakt). *Wir sahen noch Mama und Papa nach dem Concert.*

Donnerstag
26. Heute Früh ist der liebe Abbé Mislin fortgereist. Abends war ein großes Concert bei Papa und Mama. Liszt spielte sehr schön, und die Schauspielerin Rettich (Julie Rettich, k.k. Hofschauspielerin) *declamirte auch sehr schön.*

An den nächsten Tagen dominieren ein- und zweizeilige Eintragungen über den Familienalltag.

April.

Dienstag

1. Wir fuhren nach 1/4 1 Uhr (von der in der Innenstadt gelegenen Hofburg) *nach Schönbrunn in den Obstgarten. Dort war Dachsjagd. Mit uns gingen Graf Morzin und Baron Gorizzutti. Man stellte sich auf. Der Jäger ging zu einem Holz und jagte den Dachsen heraus. Franzi schoß, es war aber kein Dachs, sondern ein ausgestopftes Thier, welches der Camerad auf Anordnung des Herrn Baron machte, um uns in den April zu schicken. Dann stellte man sich noch einmahl auf, da kam der wirkliche Dachs. Der Graf Morzin schoß, und statt daß eine Kugel im Gewehr, war etwas Pulver und Federn* (darin). *»1. April.« Auf ihn schoß mit Kugeln der Herr Baron und dann der Franzi. Dann wieder der Herr Baron. Da war er ganz todt. Abends gingen Papa und Mama in die erste Vorstellung der italienischen Oper. Es wurde die Oper: »Maria di Rohan« gegeben. Mama kam noch vor dem Ende zu uns zurück.*

Donnerstag

2. Abends gingen wir zu Louis Széchényi (Graf Ludwig Széchényi, Obersthofmeister Erzherzogin Sophies und Onkel Gyulás), *wo eine Soirée war, dem Namenstag der Gräfin* (Franziska de Paula) *Széchényi zu Ehren. Es wurden einige Stücke gegeben so wie: »Das letzte Fensterl«, aufgeführt von Wildauer* (Mathilde Wildauer, k.k. Hofschauspielerin) *und Bau-*

mann. Dann war »Rodrich und Kunigunde«. Die Personen sind auf dem beiliegenden Zettel (... verzeichnet, der leider fehlt).

Es folgen wegen der streng religiös begangenenen Osterwoche (von Palmsonntag, 5. April, bis Karfreitag, 10. April) nur ein- bis zweizeilige Eintragungen. Dann enden die Berichte für einige Wochen, was Erzherzog Carl Ludwig in einem Nachtrag erklärt.

Mai. 1846.

Diese ganze Zeit bis zum 10. Mai konnte ich nicht schreiben, weil ich nicht genug Zeit hatte. Das Hauptsächliche war, daß wir Prüfung hatten und ich machte sie recht gut. Papa und Mama waren recht zufrieden.

Sonntag
10. Wir gingen mit Mama und Papa um 9 Uhr in die Segensmesse, weil seit Ostersonntag kein Kirchendienst mehr ist. Wir speisten beim Kaiser. Der William von Braunschweig ist hier, auch der Herzog und die Herzogin von Oldenburg (eigentlich: Großherzog und Großherzogin), *der Prinz von Nassau und der Herzog von Nassau. Abends kamen die Cameraden in den Kaisergarten. Wir spielten das englische Spiel Kricket, was wir auch schon in Schönbrunn spielten. Ich trat in einem neuen Verein auf, wobei Edi Taaffe* (Sohn Graf Ludwig Taaffes, Doktor der Rechte, k.k.

Kämmerer, Geheimer Rat, Präsident der obersten Justizstelle, Präsident der Hofkommission in Justizgesetzsachen und Kurator der theresianischen Ritterakademie), *Eduard Stadion* (Sohn des Grafen Johann Philipp von Stadion-Thannhausen und Neffe der gleichnamigen Hofdame Erzherzogin Sophies), *Maxi* (Gorizzutti), *Charli* (Graf Bombelles), *Thomi* (?) *und Paul* (Merveldt?) *sind. Dieser Verein ist deßwegen, daß man sich nicht neckte, keine Grobheiten sage und keine Raufereien macht. Abends gingen wir* (*Maxi und ich mit Papa und Mama, mit dem Grafen Coronini, Baron Gorizzutti* – gestrichen) *ins Wiednertheater in die Oper »Norma«, wo die berühmte Jenny Lind* (unterstrichen, schwedische Opern-, Lieder- und Oratoriensängerin, 1820–1887) *sang. Sie ist schon einige Zeit hier. Wir hörten sie schon in der »Nachtwandlerin«, sie singt sehr schön.* (*Wir, Papa und M.../= Maxi waren in einer Loge neben der Hofloge. Mama kam später auch hin.* – gestrichen) *Die Kurfürstin* (sie wird leider nicht genauer definiert) *war auch dort. Stephan, Carl* (Neffe und Sohn Erzherzog Carls) *und Papa und Mama auch. Wir haben schon eine neue Tagesordnung. Fanny Elßler* (die Balletänzerin) *ist auch hier* (vermutlich unter den Besuchern im Publikum). *Wir gehen immer um 1 Uhr zur Mama* (das bezieht sich wieder auf die neue Tagesordnung). *Nach dem Theater soupirten wir bei der Mama.*

William war der zweitälteste Sohn Herzog Friedrichs von Braunschweig-Wolfenbüttel, der 1830 seinem älteren – für regierungsunfähig erklärten – Bruder Carl als Herzog folgte. Durch seine Mutter, geborene Prinzessin Marie von Baden, war auch er – wie die Prinzen von Wasa und die Prinzen von Hessen-Darmstadt – ein Cousin Erzherzogin Sophies.
Großherzog August von Oldenburg (er trug seit 1829 den Titel eines Großherzogs als Erster seiner Familie) war in dritter Ehe mit Cäcilie, einer Schwester der Prinzen Wasa verheiratet.
Herzog Adolf von Nassau-Weilburg (späterer Großherzog von Luxemburg) war vermutlich mit seinem in österreichischen Diensten stehenden Bruder, Prinz Moritz von Nassau, gekommen. Beide waren durch die Ehe Erzherzog Carls mit ihrer Tante, Prinzessin Henriette von Nassau-Weilburg, angeheiratete Neffen.
Wärend der nächsten Tage fand die Übersiedlung nach Schloß Schönbrunn statt. Die folgende Zeit verlief – ohne weitere Empfänge oder Besuche – mit Spaziergängen in der Nähe des Schlosses.

Freitag
15. Heute ist der Namenstag der Mama und der Geburtstag des kleinen Ludwig. Wir speisten beim Kaiser (in der Hofburg). *Nach dem Essen gingen wir mit Papa, Mama und kleinem Ludwig in den Auen vom Prater herum. Abends war großes Concert bei der*

Mama. Es sangen Tadolini, Angri, Fraschini, Collini (alle vermutlich als Gäste in Wien oder Mitglieder eines italienischen Ensembles). *Das Concert war sehr hübsch. Heute wurde die neue Terrasse der Mama eröffnet, nähmlich Maxi ließ Bretter legen auf das Dach der Bellaria, wo man drunter durchfährt. Es sind Blumen, Sessel, Tisch, ein Geländer und ein Zelt* (wohl eine Markise) *dort.*

Das originellste Geschenk scheint von Erzherzog Ferdinand Maximilian gestammt zu haben, der – vermutlich unter Mithilfe eines Erwachsenen – an der Westseite der Hofburg einen Balkon anbringen hatte lassen. Zwischen innerem Burghof und Ringstraße besteht bis heute eine Verkehrsverbindung, die durch den Leopoldinischen Trakt bis zur Bellariastraße führt. Die Bemerkung ›*... ließ Bretter legen auf das Dach der Bellaria*‹ meint wohl oberhalb eines bellariaseitig gelegenen Vorbaues.

Samstag
16. Wir brachten den Abend mit Papa und Mama auf der neuen Terrasse zu. Auf einmahl kam die Meldung, daß sich ein Mensch im Burgtheater erschossen hätte. Es wurde das Stück: »Ein deutscher Krieger« gegeben, und gerade, wie der Markgraf (eine Theaterfigur) *auf einen Hasen schießen sollte, erschoß er sich. Es muß ein Narr gewesen sein. Man hat gesagt, er wäre ein Verschwender gewesen. Es wurde gleich alles in Bewe-*

gung gesetzt. Es war nur Fichtner (Carl Fichtner, k.k. Hofschauspieler, wahrscheinlich der Darsteller des ›Markgrafen‹) *auf der Scene, als auf einmahl die* (unleserlich) *und der Löwe* (Ludwig Löwe, k.k. Hofschauspieler) *hereinstürzen, um zu sehen, was geschehen sei. Ein Acteur, nähmlich der Anschütz* (Heinrich Anschütz, k.k. Hofschauspieler), *schrie in der Culisse: »wieder zu früh geschossen«, weil sie glaubten, daß der Schuß hinter der Culisse geschah* (wo üblicherweise gleichzeitig mit dem angedeuteten Schuß auf der Bühne ein Platzpatronenschuß abgegeben wurde). *Als auf einmahl einer* (im Publikum) *aufstand und schrie: »Er hat sich selbst ermordet«. Eine Frau im Theater wurde ohnmächtig und dann todtkrank. Die anderen Leute wollten ihn* (den Selbstmörder) *nicht hinaustragen. Der Vorhang fiel, und nach 10 Minuten wurde wieder weitergespielt.*

Dieser Tagessensation folgen knappe Eintragungen von den Ereignissen der nächsten Tage, die von sommerlichen Unternehmungen geprägt waren. Am Montag, dem 18. Mai, scheint ein militärisches Wettrennen stattgefunden zu haben, nach dem ein Empfang ›*mit allen Officieren*‹ gegeben wurde. Einen Tag später fand bei Erzherzogin Sophie ein Hauskonzert statt, wo unter anderem die berühmte schwedische Sängerin Jenny Lind auftrat.
Rührend und typisch für Erzherzog Carl Ludwig sind die Tagebuchnotizen der beiden nächsten Tage. Es sei

in dem Zusammenhang noch einmal darauf hingewiesen, daß die kaiserliche Familie nach strengen katholischen Grundsätzen lebte und daß vor allem Erzherzog Carl Ludwig seit Kindestagen sehr innig seinen Glauben praktizierte.

Mittwoch
20. Abends beichteten wir (die drei älteren Brüder) *und Papa. Mama beichtete Mittags. Heute ist der Vorabend des großen Tages, der ersten Communion* (= seiner Erstkommunion, der ersten Einnahme der Heiligen Hostie, dem Symbol des Leibes Christi).

ERSTE COMMUNION
(am Tag der) *HIMMELFAHRT CHRISTI*

Donnerstag
21. Heute ist der wichtigste Tag meines ganzen Lebens. Um 1/2 8 Uhr kamen wir drei zur Mama. Sie las uns aus einem Gebethbuch vor. Dann segnete der Papa und die Mama mich. Die Mama gab mir schon gestern ein sehr schönes Gebethbuch. Dann gab sie mir noch zum Bethen in der Messe ein kleines Buch, woraus sie auch als Kind vor der Communion bethete. Nach 1/2 8 Uhr las der Abbé Columbus (Joseph Columbus, k.k. Hofkaplan, Religionslehrer der jungen Erzherzoge, Religionswissenschaftler, lebenslanger Vertrauensmann Erzherzog Carl Ludwigs) *eine Messe in der Josephicapelle* (in der Hofburg). *Nach der Communion*

des Priesters hielt der Abbé Columbus eine sehr schöne Rede. Dann gingen wir zum Altar. Ich war in der Mitte von Papa und Mama. Wir speisten beim Kaiser. Nach dem Essen machten wir mit Papa, Mama, Onkel Ludwig, kleinem Ludwig und Marie Vécsey eine Promenade gegen das Lusthaus in den (Prater)Auen. Abends kam die Gräfin von (unleserlich) *und die Großmama.*

An den beiden nächsten Tagen gab es, abgesehen von einer Rabenjagd im Prater, an der – außer Erzherzog Carl Ludwig – die meisten Spielkameraden teilnahmen, ausschließlich Versammlungen im kleinen Kreis der Familie.

Sonntag
24. Wir speisten beim Kaiser. Nach Tisch gingen wir in den Segen und dann siedelten wir nach Schönbrunn über (= wieder zurück). *Abends gingen wir zur Mama. Ich habe noch vergessen zu sagen, daß Samstag in der Früh Papa mit der Kaiserin* (seiner Schwägerin Maria Anna, Ehefrau Kaiser Ferdinands I.) *auf dem Dampfschiff Sophie nach Linz gereist ist. Am Sonntag, den anderen Tag, las der Beichtvater von der Kaiserin, Don Bragato* (Aloys Bragato, Titular-Hofkaplan), *die Messe. Sie empfingen dort* (in Linz) *die Kaiserin von Rußland* (Zarin Alexandra) *mit ihrer Tochter, Olga. Die Kaiserin von Rußland schenkte unserer Kaiserin eine Broche von Diamanten mit Perlen.*

Zarin Alexandra, geborene Prinzessin Charlotte von Preußen, befand sich anläßlich der bevorstehenden Hochzeit eines ihrer Kinder auf der Reise von Rußland nach Deutschland: Ihre Tochter, Großfürstin Olga, sollte einige Wochen später die Ehefrau Erbprinz Carls von Württemberg, späteren König Carls I., werden.

Am Dienstag, 26. Mai, vermerkte Erzherzog Carl Ludwig die glückliche Rückkunft des Vaters aus Linz, der ein gemeinsames Diner im kleinen Kreis folgte.

Ende Mai, Anfang Juni dominierte der Schönbrunner Sommeralltag: Ausritte der jungen Erzherzoge wechselten mit Schwimmstunden, Wagenkutschieren und ausgedehnten Familienspaziergängen ab. Nur der älteste Bruder, Erzherzog Franz Joseph, mußte viermal in der Woche an militärischen Übungen teilnehmen (*›Er exercirt immer Montag, Mittwoch, Freitag und Samstag‹*).

Samstag

6. Wir fuhren mit dem Grafen Morzin mit den kleinen Pferden nach Mauer, von da aus gingen wir nach Liesing (damals ein Vorort Wiens, heute der dem 13. Bezirk benachbarte 23. Wiener Gemeindebezirk). *Heute kam die Stafette an den Fürsten Metternich, daß Papst Gregor XVI. am Pfingstmontag* (1. Juni) *an einem Rothlauf, der ihm zum Kopf stieg* (es fehlt: gestorben ist). *Er communicirte noch am Pfingstsonntag, und da sagten die Ärzte, es gehe ihm besser. Er war ein Ca-*

maldulenser (unterstrichen, Bruder einer besonders strengen Ordensgemeinschaft, die zu den Benediktinern gehörte) *früher, bevor er Papst wurde. Er schlief immer auf der Erde auf Stroh. Er war geboren im Jahr 1765, also war er 81 Jahre alt. Er fing an zu regieren im Jahre 1831, also regierte er 15 Jahre.*
Papa und Mama gingen Abends ins Kärntnerthortheater ins Ballett: »Esmeralda«, worin Elßler (unterstrichen) *zum letzten Mahle tanzte* (Sie tanzte diese Rolle zum letzten Mal; ihre Abschiedsvorstellung von der Bühne gab sie im Jahr 1851). *Mama kam noch um 1/2 10 Uhr nach Hause. Wir gingen noch zu ihr.*

Sonntag
7. Papa und Mama gingen mit Franzi um 1/2 1 Uhr ins Kärntnerthortheater, wo die Elßler tanzte und wo der dritte Act der Oper: »I Lombardi« gegeben wurde. Die Vorstellung war für das Kinderspital der Mama (= eine Benefizvorstellung zu Gunsten des Spitals). *Maxi und ich speisten beim Kaiser. Wir gingen vor 2 Uhr zum Onkel Ludwig und mit dem zum Kaiser. Nach 6 Uhr kamen Papa, Mama und Franzi aus dem Stück zurück, weil sie drinnen saßen. Nach dem Essen regnete es sehr stark. Dann hörte es wieder auf, und wir gingen mit Papa, Mama und Onkel Ludwig auf die Himmelswiese* (nahe Lainz) *und dann gingen wir gegen Mauer. Abends blieben wir noch bei der Mama.*

An den drei nächsten Tagen fanden Ausflüge der kaiserlichen Familie in Begleitung ihrer Gefolgsleute statt.

Frohnleichnam (vgl. mit der Eintragung vom 22. Mai 1845).
Donnerstag
11. Wir drei (Brüder) *fuhren um 1/2 9 Uhr in die Stadt, um die Procession zu sehen* (die Eltern, die ab 6 Uhr morgens an den kirchlichen Feiern teilnahmen, waren schon einen Tag zuvor in die Stadt gesiedelt). *Wir sahen sie* (= die Prozession) *vom Balcon von der Reitschule* (einem Trakt der Hofburg). (Erzherzogin) *Hildegarde war auch dort. Später kam auch der kleine* (*Ludwig* – fehlt). *Die Procession war sehr schön. Nach der Procession gingen wir zu der Mama, und um 1 Uhr fuhren wir wieder nach Schönbrunn, wo wir um 2 Uhr bei der Großmama speisten. Abends kamen die Cameraden. Papa und Mama machten eine Promenade. Papa und Mama kamen gegen 9 Uhr nach Hause.*

Aus den folgenden Bemerkungen wird man – wegen ihrer Flüchtigkeit und Unvollständigkeit – nicht recht klug. Verständlich ist nur, daß dem jungen Erzherzog die Zeit fehlte, am Tagebuch weiterzuschreiben.
Für den 18. Juni gibt es allerdings eine besonders lebhafte und reichhaltige Eintragung, die sich auf die Enthüllung der bis heute im Inneren Burghof befindlichen Statue Kaiser Franz II./I. bezieht. Sie setzt am

Ende eines Absatzes ein, der die Ereignisse der vergangenen Tage zusammenfaßt:
Wichtiges ist nur geschehen ... Donnerstag 16. (es muß heißen: 18.) ... *die Enthüllung des Monuments auf dem Burgplatz. Um 1/4 9 Uhr in der Früh fuhren Papa, Mama und Franzi in die Stadt. Wir zwei, Maxi und ich, fuhren um 9 Uhr in die Stadt. Der kleine Ludwig fuhr uns nach. Um 1/2 11 Uhr fing der Kirchendienst an. Es war eine Predigt zuerst vom Hofprediger Othmar* (Pater Othmar Helferstorfer, Kapitularpriester des Benediktinerstifts zu den Schotten in Wien), *das Leben des Großpapa* (aufzeigend). *Dann war Kirchendienst. Der Franzi ging auch in den Kirchendienst. Alles war in größter Parade. Nach dem Kirchendienste gingen Maxi und ich mit dem kleinen Ludwig, mit der Marie Vécsey, mit dem Herrn Baron zum Kaiser* (Ferdinand I., dem Sohn und Nachfolger Kaiser Franz II./I., dessen Monument man enthüllte). *Während dem Kirchendienst waren wir zwei und der kleine Ludwig in den Zimmern von der Mama mit Tante Amelie* (Prinzessin Wasa) *und William* (Herzog von Braunschweig-Wolfenbüttel). *Wir zwei mit dem kleinen Ludwig gingen vor dem Kaiser und vor Allen hinaus auf die Tribüne. Als der Kaiser und Alles kamen, stießen in die Trompeten die Hoftrompeter, welche auf einem Balcon der Reichskanzlei* (zum Inneren Burghof) *aufgestellt waren und das Volk schrie: »Vivat«. Dann kam der Fürst Metternich zum Kaiser und hielt an Ihn eine sehr schöne Rede. Dann kam Graf*

Goëß (aus der Menge der männlichen Familienmitglieder nicht zu identifizieren) *und fragte Seine Majestät, ob* (er) *das Monument enthüllen darf, der Kaiser sagte ja, und der Graf Goëß machte ein Zeichen dem Künstler dieses Monumentes »Marchesi«. Auf das fielen die Tücher, die das Monument umgeben, herunter. Nur die oberste Kappe, die auf dem Kopf war, fiel nicht gleich herunter, weil, wie ich glaube, ein Strick gerissen ist. Auf das stieg ein Mensch mit einer Leiter von hinten hinauf, und wie das Tuch heruntergerissen war, schrieen alle Leute »A!«* (doppelt unterstrichen) *Die Kaiserinmutter* (Caroline Auguste, Witwe nach Kaiser Franz II./I.), *nähmlich die Großmama, umarmte die Kaiserin* (Maria Anna, Ehefrau Kaiser Ferdinands I.), *und der Kaiser küßte der Großmama* (seiner Stiefmutter) *die Hand. Dabei läuteten alle Glocken Wiens, und alle Kanonen von Wien wurden abgeschoßen, und die Hoftrompeter stießen wieder in die Trompeten. Dieser Augenblick war sehr schön. Nun wurde das Tedeum* (= der Lobgesang) *vom Erzbischof angestimmt. Dann nach dem Tedeum ging der Erzbischof und alle Äbte und Priester weg. Auf das wurde die vordere Stiege von der Tribüne fortgenommen. Dann begann das Defiliren von den Bürgern und von der Garnison. Nach dem ging der Hof weg. Das Gerüst vom Monument ist gegen unsere* (in der Hofburg gelegenen) *Zimmer gewendet. Um 3 Uhr war Familientafel. Dann fuhren wir wieder nach Schönbrunn. Das Monument ist sehr schön.*

Die folgenden letzten Eintragungen des Tagebuchs wurden nicht mehr durchlaufend und auch nicht in der richtigen Reihenfolge gemacht. Die Ereignisse der beiden nächsten Tage wurden vermutlich nachgetragen und erscheinen in verkehrter Reihung.

Juli. 1846.

Samstag

4. Heute kamen die Vettern von Mailand (Rainer und Heinrich, Söhne Erzherzog Rainers, des Vizekönigs von Lombardo-Venezien, eigentlich Onkeln, da sie der Generation Erzherzog Franz Carls angehörten) *an. Sie sind sehr groß* (sie waren zu dem Zeitpunkt neunzehn und achtzehn Jahre alt). *Der größte ist der Heinrich. Sie wohnen beim* (unleserlich).

Freitag

3. Heute Abends war Concert bei der Mama (in Schloß Schönbrunn). *Es sangen die Wildauer und ein Herr Mayerhofer* (vermutlich Franz Mayerhofer, der 1827 bis 1850 am Hofburgtheater tätig war). *Ein gewisser Herr Merk* (Joseph Merk, Kammervirtuose) *hat Violoncello gespielt.*

Freitag

10. Heute standen wir um 1/2 6 Uhr auf und fuhren um 6 Uhr in den Prater, von wo wir, Maxi und ich (14 und 13 Jahre alt), *über die Donau schwammen* (vgl. mit der Eintragung vom 9. Juli 1845). *Die zwei jüngeren Vet-*

tern Rainer und Heinrich fuhren auch mit aus und schauten zu (Daß die beiden jünger sein sollten, beruhte auf einem Irrtum. Sie waren die beiden jüngsten [überlebenden] Söhne von acht Kindern Erzherzog Rainers. Vermutlich kamen sie Erzherzog Carl Ludwig deshalb so ›*groß*‹ vor, weil er sie jünger eingeschätzt hatte). *Nachdem fuhren wir in den Pratergarten, wo wir frühstückten. Dann fuhren wir wieder nach Schönbrunn und gingen zur Mama.*

Montag
22. Heute kam die Nachricht von der Ernennung eines neuen Papstes, der sich Pius IX. nennt (Er hieß Giovanni Maria Mastai-Ferretti und sollte das Amt bis 1878 innehaben).

Auch die beiden nächsten Eintragungen, mit den Daten des 16. und 17., fallen – trotz der vorgezogenen Eintragung des 22. – in den Monat Juli.

Donnerstag
16. Heute um 10 Uhr in der Früh war eine Messe, die der Burgpfarrer hielt, und nach dieser wurden der Graf Wurmbrand (Ferdinand Graf Wurmbrand, Dienstkämmerer Erzherzog Franz Carls), *der beim Papa ist und die Gräfin Amade* (Alexandrine Gräfin Amade, Hofdame Erzherzogin Sophies), *die bei der Mama war, verheiratet. Die Braut sah sehr schön aus. Es waren eine Menge Menschen dabei. Wir kamen erst*

vor der Communion des Priesters. Die Feierlichkeit war sehr schön. Sie war hier in der Schloßcapelle (von Schönbrunn). *Nach der Hochzeit kamen Graf und Gräfin Wurmbrand, die nun Vermehlten, zur Mama. Abends kamen die Cameraden und auch die zwei jüngsten Rainerischen* (Söhne Erzherzog Rainers, die früher erwähnten »Vettern« Rainer und Heinrich), *die jetzt immer zu uns kommen, und dann gingen wir mit den Rainerischen auch auf dem Parterre spazieren und dann zur Mama.*

Freitag
17. Um 3/4 1 Uhr Mittags starb der Graf Ledochowski (vgl. mit den Eintragungen auf S. 203) *nach sehr großem Leiden. Abends gingen wir zwei, Maxi und ich, mit der Mama, Papa, Großmama, Onkel Ludwig, Tante Louise* (vermutlich Herzogin von Parma) *und kleinem Ludwig in den* (Lainzer) *Thiergarten auf die Seite vom Auhof.*

In der Zeit zwischen 18. und 25. Juli konnte Erzherzog Carl Ludwig nach eigener Aussage nicht schreiben, weil er ›*nie genug Zeit dazu fand.*‹

Samstag
25. Heute Abends sang der Männerverein bei der Kaiserin (Maria Anna, Tante Erzherzog Carl Ludwigs; der Anlaß war ihr Namenstag, den man einen Tag später feierte) *in ihrem Garten. Früher gingen wir drei*

mit Papa, Mama, kleinem Ludwig und Marie Vécsey in den Auhof spazieren. Mama fuhr, während wir Anderen zum Auhof fuhren, mit Maxi, kleinem Ludwig und Marie Vécsey nach Hacking zur Tante Amelie (Prinzessin Wasa). *Dann kamen sie auch zu uns nach in den Auhof. Vor 1/4 8 Uhr fuhr Mama mit Marie Vécsey, kleinem Ludwig und mir voraus nach Hause. Papa mit Franzi und Maxi blieben zurück im Auhof und kamen dann später nach. Zur Mama kamen nach 1/2 8 Uhr Hildegarde und Marie* (Schwiegertochter und Tochter Erzherzog Carls), *die von Baden* (aus der Weilburg) *kamen, und nahmen Thee mit der Mama. Dann gingen wir Alle zur Kaiserin, wo die ganze Familie war. Es kam auch die Frau vom Palatinus* (Erzherzog Joseph, Palatin von Ungarn; seine Ehefrau, Erzherzogin Marie, war eine Tochter Herzog Ludwigs von Württemberg) *mit ihrer Tochter Marie* (die damals zehnjährige Erzherzogin Marie Henriette), *die heute ankamen. Abends, wie es finster wurde, ging man auf den Balcon von der Kaiserin. Dann kamen alle Sänger mit den Jägern, die Fackeln trugen, und stellten sich in den Garten vor den Balcon. Sie sangen sehr schön. Währenddem wurde Gefrorenes servirt. Es war recht hübsch. Die Großmama* (Kaiserin Caroline Auguste) *hörte vom Zimmer der Kaiserin zu* (also nicht vom Balkon, wo sich die anderen befanden), *weil sie einen wehen Fuß hat. Dann gingen wir mit Papa und Mama nach Hause* (in die eigenen Räume des Schönbrunner Schlosses) *und aßen noch etwas.*

Sonntag
26. Heute ist der Namenstag der Kaiserin. Um 11 Uhr Mittags gingen wir zur Mama. Wir gingen mit ihr und mit dem Papa zur Kaiserin, um ihr zu gratuliren. Sie war aber nicht zu Hause. Nachdem fuhren wir mit Papa und Mama nach (dem in der Nähe liegenden Schloß) *Hetzendorf zur Tante Marianna* (Erzherzogin Marie Anna, die früher erwähnte, unverheiratet gebliebene Schwester Kaiser Ferdinands und Erzherzog Franz Carls), *deren Namenstag heute auch ist. Dann blieben wir bei der Mama. Als der kleine Ludwig kam, gingen wir mit der Mama und mit ihm noch einmahl zur Kaiserin. In der Gallerie fanden wir die Herzogin von Angoulême, die auch heute ankam. Mit dieser gingen wir auch zur Kaiserin, die wir zu Hause fanden. Um ½ 2 Uhr gingen wir uns anziehen zum Speisen beim Kaiser. Dann gingen wir zur Kaiserin mit Papa und Mama zum Essen. Man aß im Salon von der Kaiserin. Die Marie, Tochter von der Palatinus, kam nicht zum Essen, weil sie unwohl war, aber der Onkel Palatinus und seine Frau kamen. Nach dem Essen blieben wir bei der Mama und zogen uns um. Dann kam der Prinz Gustav von Schweden mit der Tante Amelie* (seiner Schwester), *um Abschied von Papa, Mama und kleinem Ludwig zu nehmen, weil sie Alle heute nach Ischl die Nacht durchreisen. Papa und Mama gingen mit uns Allen zur Großmama, um Abschied zu nehmen. Dort war die Herzogin von Angoulême, die Palatinus und der Onkel Palatinus. Dann reisten*

Papa, Mama und kleiner Ludwig fort, wir fuhren bis Purkersdorf (an der Weststrecke vor Wien gelegen) *mit. Dort waren die Reisewägen, und endlich nahmen wir Abschied und fuhren wieder nach Hause. Es regnete sehr stark. Dann gingen wir ein wenig auf dem Parterre spazieren.*

Nachdem Erzherzog Franz Carl und Erzherzogin Sophie mit ihrem jüngsten Sohn Wien in Richtung Ischl verlassen hatten, herrschten in den Eintragungen der nächsten Tage die üblichen ein- bis zweizeiligen Bemerkungen über Spaziergänge und Kartenspiele mit der Großmutter vor.
Am Donnerstag, 13. August, machten die jungen Erzherzoge ihre Abschiedsvisiten, da nun auch sie die Reise nach Ischl antraten. Im Unterschied zu ihren Eltern, die mit Postwägen unterwegs waren, nahmen sie den kurz vor Mitternacht abgehenden Dampfer in Richtung Linz.

Freitag
14. Wir zogen uns schnell an und gingen dann gleich auf dem Dampfschiff spazieren. Um 7 Uhr frühstückten wir. Um 11 Uhr nahmen wir ein Gabelfrühstück. Es war sehr schönes Wetter; aber etwas langweilig. Um 2 Uhr speisten wir, während dem Speisen fing es an zu regnen. Dann regnete es sehr stark. Nach 6 Uhr Abends kamen wir in Linz an, wo wir übernachteten. Den anderen Tag um 1/2 6 Uhr hörten wir die Messe

im Dom. Nach der Messe fuhren (wir) *mit Wägen zur Eisenbahn und reisten dann fort mit der Pferdeeisenbahn, kamen in Gmunden nach ½ 11 Uhr an, fuhren über den See nach Ebensee und nach Ischl, wo wir wieder die gute Mama, Tante Elise, Tante Marie* (die Königinnen von Preußen und Sachsen, beide Schwestern Erzherzogin Sophies), *Papa und kleinen Ludwig sahen. Wir speisten bei der Mama. Wir machten nach dem Essen eine Promenade zum Schwarzenbergplatz. Nachdem war Thee.*

Sonntag
16. In der Früh frühstückten wir auf dem Fürstenplatz. Um 11 Uhr gingen wir mit Papa, Mama und Tante Marie in die Messe. Nachdem zogen wir uns an (= zogen wir uns um), *und gingen zum Großfürsten Michael* (jüngstem Bruder Zar Nikolaus I.) *und zu seiner Frau, zur Großfürstin Helene* (geborene Prinzessin Charlotte von Württemberg). *Dann speisten wir um ½ 2 Uhr bei der Mama. Nach ½ 4 Uhr fuhren wir nach Steg und fuhren von der Gosaumühle auf dem See nach Hallstadt. Mama ging nicht mit, weil der kleine Ludwig unwohl war. Bei der Promenade gehen immer auch die Suiten mit. Von Hallstadt aus gingen wir zum Waldbachstrupp und wieder zurück. Dann fuhren wir wieder zurück auf dem See und begegneten die Mama und die Gräfin Schönborn* (Gräfin Ernestine Schönborn, Obersthofmeisterin Erzherzogin Sophies), *welche uns auf dem See entgegen fuhren.*

Wir fuhren zum Steg, wo wir soupirten, und die anderen Thee nahmen.

An dieser Stelle war die letzte Seite des Tagebuches erreicht und beinahe voll, die der durch die Ferien übermütig gewordene junge Erzherzog mit einer ebenso kargen wie komischen Eintragung beendete:

Montag
17. Ende

Familienverbindungen der im Text besprochenen Habsburger anhand einiger Stammtafeln

Habsbur

(römisch-deutsche Kaiser, Kaiser und Erzherzoge von Österreich, Großherz

Leopold II.,
römisch-deutscher Kaiser, Großherzog von Toskana
(1747 – 1792)
∞ Infantin Maria Ludovica von Spanien
(1745 – 1792)

Österreich

- Franz II. (röm.-dt. Kaiser), als Franz I. Kaiser von Österreich (1768 – 1835)
  ∞ 2. Prinzessin Marie Therese von Sizilien (1772 – 1807)
  ∞ 4. Prinzessin Charlotte (= Caroline Auguste) von Bayern (1792 – 1873)
  - 2. Marie Louise (1791 – 1847)
    ∞ 1. Napoleon, Kaiser der Franzosen (1769 – 1821)
    ∞ 2. Graf Adam Albrecht Neipperg (1775 – 1829)
    ∞ 3. Graf Carl Bombelles (1785 – 1856)
    - 1. Napoleon II. Franz, König von Rom, Herzog von Reichstadt (1811 – 1832)
  - 2. Ferdinand I., Kaiser (1793 – 1875)
    ∞ Prinzessin Maria Anna von Sardinien (1803 – 1884)
  - 2. Maria Anna (1769 – 1824)
  - 2. Franz Carl (1802 – 1878)
    ∞ Prinzessin Sophie von Bayern (1805 – 1872)
    - Franz Joseph, späterer Kaiser (1830 – 1916)
    - Ferdinand Maximilian, späterer Kaiser von Mexiko (1832 – 1867)
    - Carl Ludwig = Tagebuchschreiber (1833 – 1896)
    - Marie Anna (1835 – 1840)
    - Ludwig Victor (1842 – 1919)

Toskana

- Ferdinand III., Großherzog (1769 – 1824)
  ∞ 1. Prinzessin Luise von Sizilien (1773 – 1802)
  - 1. Leopold II., Großherzog (1797 – 1870)
    ∞ 2. Prinzessin Maria Antonia von Sizilien (1814 – 1898)
    - 2. Ferdinand IV., nomineller Großherzog (1835 – 1908)
- Carl, Hoch- und Deuts meister, Herzog v Sachsen-Tesche (1771 – 1847)
  ∞ Prinzessin H riette von Nass Weilburg (1797 – 1829)
  - Albrecht (1817 – 1895)
    ∞ Prinzessin Hildegard von Bayern (1825 – 1864)
    - Maria Theresia (1845 – 1927)
  - Ca Ferdi (1818 –

…othringen

…n Toskana, Herzoge von Modena, Palatine von Ungarn etc.)

Franz I. Stephan,
Herzog von Lothringen, Großherzog von Toskana,
römisch-deutscher Kaiser
(1708 – 1765)
… Erzherzogin Maria Theresia von Österreich
(1717 – 1780)

Joseph,
Palatin von Ungarn
(1776 – 1847)
∞ 2. Prinzessin Hermine von Anhalt-Bernburg-Hoym
(1797 – 1817)
∞ 3. Prinzessin Marie von Württemberg
(1797 – 1855)

2. …phan
(…7 – 1867)

3. Marie Henriette
(1836 – 1902)

Johann,
Reichsverweser 1848/49
(1782 – 1859)
∞ Anna Plochl
(1804 – 1885)

Franz,
Graf von Meran
(1839 – 1891)

Rainer,
Vizekönig von Lombardo-Venetien
(1783 – 1853)
∞ Prinzessin Elisabeth von Savoyen-Carignan
(1800 – 1856)

Rainer
(1827 – 1913)

Heinrich
(1828 – 1891)

…edrich
(…1 – 1847)

Marie Karoline
(1825 – 1915)

Wilhelm
(1827 – 1894)

Modena

Ferdinand,
durch Heirat Erbe in Modena
(1754 – 1806)
∞ Prinzessin Maria Beatrix von Modena-Este
(1750 – 1829)

Franz IV.,
Herzog
(1779 – 1846)
∞ Prinzessin Beatrix von Sardinien
(1792 – 1840)

Ferdinand
(1781 – 1850)

Maximilian,
Hoch- und Deutschmeister (1782 – 1863)

Franz V.,
Herzog (1819 – 1876)
∞ Prinzessin Adelgunde von Bayern
(1823 – 1914)

Ferdinand
(1821 – 1849)

Alle Stammtafeln sind vereinfacht dargestellt und beziehen sich auf die im Text besprochenen Personen

Wittelsbach

(Könige und Prinzen von Bayern, Herzoge in Bayern etc.)

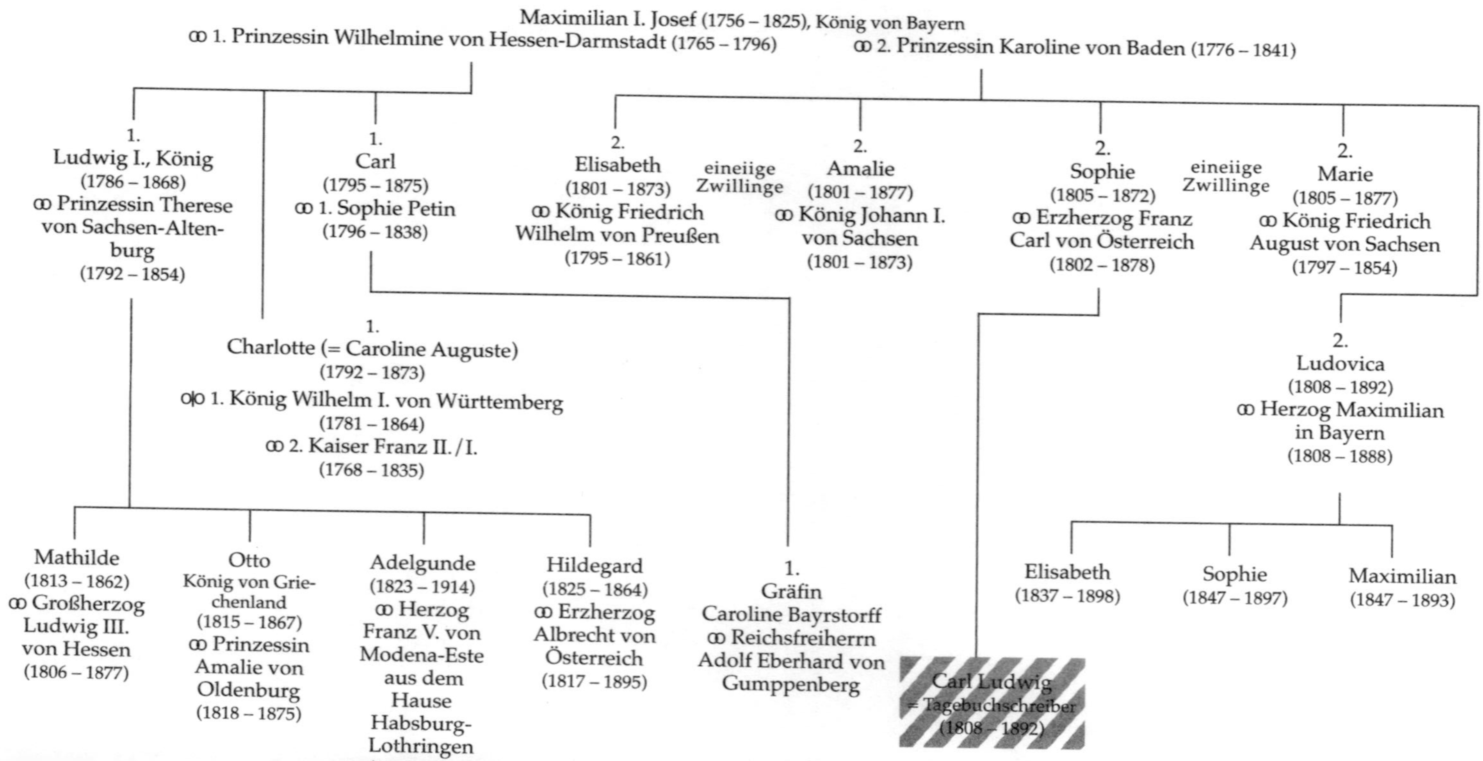

Baden (Geschlecht der Zähringen)

Carl Friedrich, Großherzog (1728 – 1811)
⚭ 1. Prinzessin Karoline von Hessen-Darmstadt (1723 – 1783)

1.
Carl Ludwig, Erbgroßherzog (1755 – 1801)
⚭ Prinzessin Amalie von Hessen-Darmstadt (1754 – 1832)

Karoline (1776 – 1841)
⚭ König Maximilian I. Joseph von Bayern (1756 – 1825)

- Kinder siehe Wittelsbach, unter anderem die spätere Erzherzogin Sophie

Friederike (1781 – 1826)
⚮ König Gustav IV. Adolf von Schweden (1778 – 1837)

- Gustav (1799 – 1877) ⚮ Prinzessin Luise von Baden (1811 – 1854)
- Amalie (1805 – 1853)
- Cäcilie (1807 – 1844) ⚭ Großherzog August von Oldenburg (1783 – 1853)

Marie (1782 – 1808)
⚭ Herzog Friedrich Wilhelm von Braunschweig-Wolfenbüttel (1771 – ⚔1815)

- Carl III. (1804 – 1873)
- Wilhelm (1806 – 1884)

Wilhelmine (1788 – 1836)
⚭ Großherzog Ludwig II. von Hessen (1777 – 1848)

- Ludwig III. (1806 – 1877) ⚭ Prinzessin Mathilde von Bayern (1813 – 1862)

Bourbon (Könige von Frankreich, von Spanien und Sizilien, Herzoge von Parma etc.)

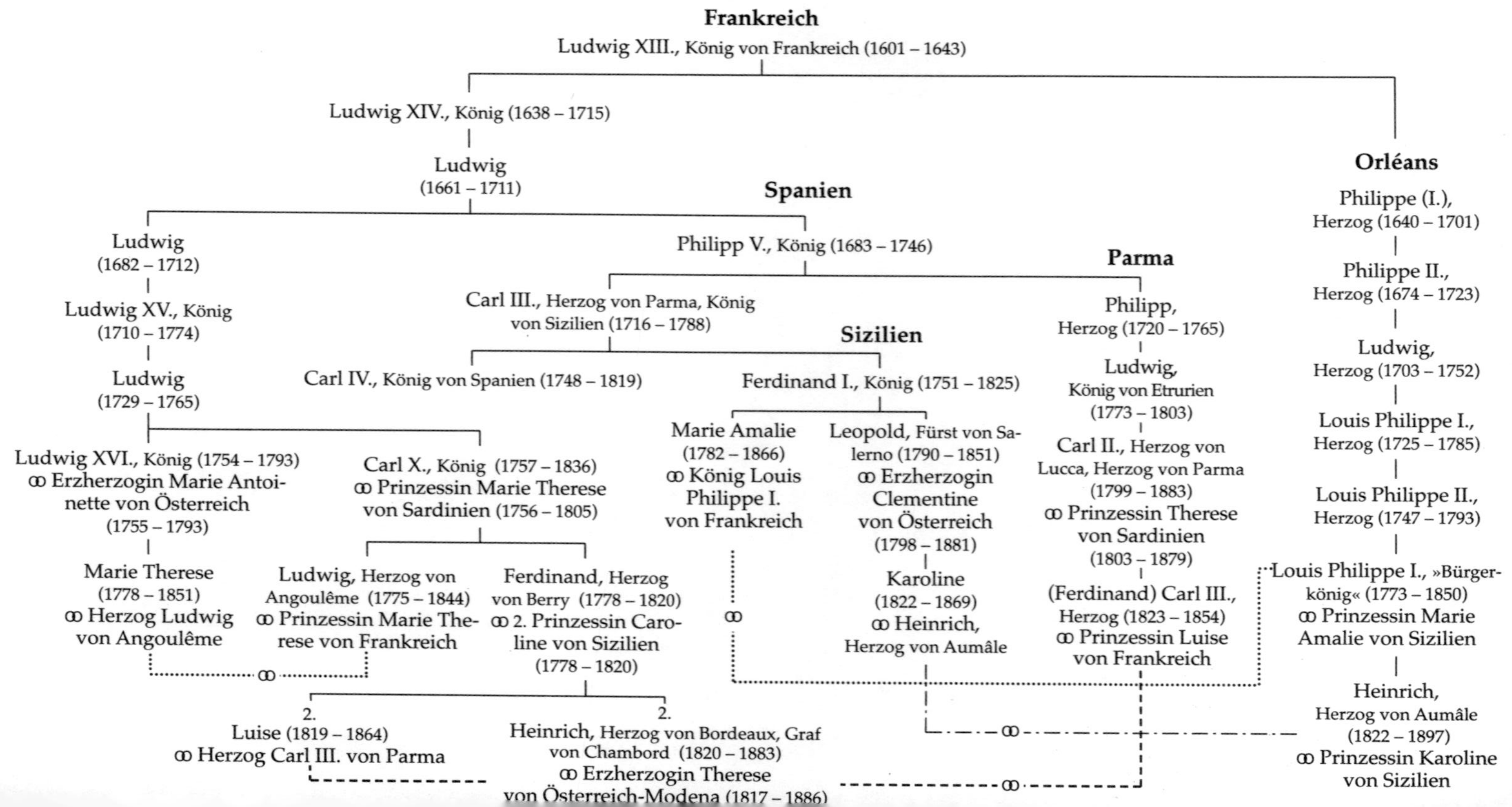

Holstein-Gottorp
(Zaren und Großfürsten von Rußland)

Paul I., Zar
(1754 – ermordet 1801)
⚭ 2.
Prinzessin Marie von Württemberg
(1759 – 1828)

2.
Nikolaus I., Zar
(1796 – 1855)
⚭ Prinzessin Charlotte/Alexandra
von Preußen
(1798 – 1860)

Olga
(1822 – 1892)
⚭ König Carl I. von Württemberg
(1823 – 1891)

2.
Michael
(1798 – 1849)
⚭ Prinzessin Charlotte/Helene
von Württemberg
(1807 – 1873)

Marie
(1825 – 1846)

Katherina
(1827 – 1894)

Württemberg

Friedrich I., König
(1754 – 1816)
⚭ 1.
Prinzessin Auguste von Braunschweig-Wolfenbüttel
(1764 – 1788)

1.
Wilhelm I., König
(1781 – 1864)
⚮ 1. Prinzessin Charlotte (= Caroline Auguste)
von Bayern
(1792 – 1873)
⚭ 3. Prinzessin Pauline von Württemberg
(1800 – 1873)

3.
Carl I., König
(1823 – 1891)
⚭ Großfürstin Olga von Rußland
(1822 – 1891)

1.
Paul
(1785 – 1852)
⚭ Prinzessin Charlotte
von Sachsen-Altenburg
(1787 – 1747)

Charlotte / Helene
(1807 – 1873)
⚭ Großfürst Michael von Rußland
(1798 – 1849)

Quellenverzeichnis

Genealogische Nachschlagewerke

Mehrere Ausgaben des *Gothaischen Genealogischen Hof-Calenders* sowie der *Gothaischen Genealogischen Taschenbücher der Gräflichen* und *Freiherrlichen Häuser*. Gotha, Bände der vierziger, fünfziger und sechziger Jahre des 19. Jahrhunderts.

Mehrere Ausgaben des *Kalenders zum Gebrauche des Oesterreichisch-Kaiserlichen Hofes*. Wien, Bände der vierziger Jahre.

Max Wilberg, *Regententabellen*. Eine Zusammenstellung der Herrscher von Ländern aller Erdteile bis zum Beginn des 20. Jahrhunderts. Frankfurt/Oder 1906 (Nachdruck Augsburg 1995).

Wilhelm Carl Prinz von Isenburg, *Stammtafeln zur Geschichte der europäischen Staaten*. Berlin, mehrere Bände.

Sekundärliteratur

Mehrere Ausgaben der *Baedeker-Handbücher* für Reisende. Leipzig, Bände der vierziger bis siebziger Jahre des 19. Jahrhunderts.

Albert *Binna*, Bad Ischl. Vergangenheit und Gegenwart des uralten Salzmarktes und heutigen Weltkurortes Bad Ischl. Gmunden-Bad Ischl s. a. (vermutlich aus den dreißiger Jahren des 20. Jahrhunderts).

Mehrere Ausgaben der *Dehio-Handbücher* über Kunstdenkmäler in Österreich. Wien, mehrere Bände.

Ludwig *Eisenberg*, Großes Biographisches Lexikon der Deutschen Bühne. Leipzig 1903.

Edgard *Haider*, Verlorenes Wien. Adelspaläste vergangener Tage. Wien, Köln, Weimar 1984.

Brigitte *Hamann* (Hg.), Die Habsburger. Ein biographisches Lexikon. Wien 1988.
J. *Handlechner*/H. *Heide*, Bad Ischl. Die Stadt und ihre Umgebung. Linz 1993.
Richard *Kühn* (Hg.), Hofdamenbriefe um Habsburg und Wittelsbach. Berlin 1942.
P. *Lauritzen*/H. *Acton*/R. *Wolf*, Die Villen von Venetien. Augsburg 1996.
Ann Tizia *Leitich*, Wiener Biedermeier. Kultur, Kunst und Leben der alten Kaiserstadt vom Wiener Kongreß bis zum Sturmjahr 1848. Bielefeld und Leipzig 1941.
dies., Verklungenes Wien. Vom Biedermeier zur Jahrhundertwende. Wien 1942.
Pauline *Metternich-Sandor*, Geschehenes, Gesehenes, Erlebtes. Wien-Berlin 1920.
Georg *Nostitz-Rieneck* (Hg.), Briefe Kaiser Franz Josephs an Kaiserin Elisabeth 1859–1898. Wien-München 1966. 2 Bände.
Franz *Schnürer* (Hg.), Briefe Kaiser Franz Josephs an seine Mutter 1838–1872. München 1930.
F. C. *Weidmann*, Der Führer nach und um Ischl. Wien 1849.

Suchhilfe zum Personenregister

Personen- und Ortsregister

Für Ratschläge und Hilfe danke ich wie immer Frau Mag. Ermacora und Frau Dr. Ida Hosner.